冰心儿童图书奖获奖作家作品

陈振林/著

传递一束鲜花

中国书籍出版社
China Book Press

图书在版编目（CIP）数据

传递一束鲜花 / 陈振林著. —北京：中国书籍出版社，2018.3
ISBN 978-7-5068-6818-1

Ⅰ.①传… Ⅱ.①陈… Ⅲ.①故事—作品集—中国—当代 Ⅳ.①I247.81

中国版本图书馆CIP数据核字（2018）第062734号

传递一束鲜花

陈振林 著

丛书策划	牛 超 蓝文书华
责任编辑	成晓春
责任印制	孙马飞 马 芝
封面设计	天下装帧设计
出版发行	中国书籍出版社
地　　址	北京市丰台区三路居路97号（邮编：100073）
电　　话	（010）52257143（总编室）　（010）52257140（发行部）
电子出箱	eo@chinabp.com.cn
经　　销	全国新华书店
印　　刷	北京一步飞印刷有限公司
开　　本	710毫米×1000毫米　1/16
字　　数	210千字
印　　张	11
版　　次	2018年6月第1版　2018年6月第1次印刷
书　　号	ISBN 978-7-5068-6818-1
定　　价	32.00元

版权所有　翻印必究

目录
CONTENTS

那是我的一颗心……001
一块玻璃值多少钱……003
受伤的白鹭……005
老　侯……008
黄老师……011
郑校长……014
唐善龙……017
关　爱……019
不是几只狗的故事……021
乞　丐……024
木脑壳……026
一路的爱……029
寻找生命里的黄金……031
垃圾老爸……034
阳光爬满每一天的窗子……036
进我家喝水的叔叔……039
光头美丽……041
人与蜂……043
意　外……045
娘的宝贝……047

父亲的爱里有片海…………………………………………… 050

富　有………………………………………………………… 054

叫你一声"哥"………………………………………………… 055

我爱飘飘……………………………………………………… 057

传递一束鲜花………………………………………………… 060

悠悠花儿香…………………………………………………… 062

茅台的味道…………………………………………………… 065

爱的方向……………………………………………………… 067

奶　奶………………………………………………………… 069

雪白，血红…………………………………………………… 071

拨错一个号码………………………………………………… 073

沉重的窗户纸………………………………………………… 076

男人、女人和贼……………………………………………… 079

让我吹吹你的眼……………………………………………… 082

活　着………………………………………………………… 084

痣……………………………………………………………… 086

咱们离婚吧…………………………………………………… 088

跟　踪………………………………………………………… 091

喜欢高跟鞋…………………………………………………… 093

你是不是病了………………………………………………… 095

和你打个招呼………………………………………………… 097

你说我在等啥………………………………………………… 099

三十年前的一只蚂蚱………………………………………… 101

我家的阿姨…………………………………………………… 103

锋利的刀口…………………………………………………… 106

别把穿衬衫不当回事 …… 108

包公河 …… 110

会议记录 …… 112

楚河汉界 …… 114

等你，在午夜 …… 117

路　灯 …… 119

恼人的电话 …… 120

习　惯 …… 123

英雄所见 …… 125

捡到一部手机 …… 126

基本功 …… 128

么局长 …… 130

铁饭碗 …… 133

我是门卫我怕谁 …… 136

布　鞋 …… 138

大　师 …… 140

人生的枣树 …… 142

酒　神 …… 144

乌台汉子 …… 146

书　魂 …… 148

神秘的贼 …… 150

空　地 …… 152

买了一顶强盗帽 …… 155

都是签名惹的祸 …… 157

我成了一个贼 …… 160

你是不是君子…………………………………………… 162

生意人………………………………………………… 164

刘一根………………………………………………… 166

小偷为媒……………………………………………… 169

我的机密你不懂……………………………………… 171

真实的英雄…………………………………………… 173

张一碗………………………………………………… 176

神鞭陈四……………………………………………… 180

唢呐声声……………………………………………… 183

那是我的一颗心

四（2）班最后一节课是信息技术课。

下课铃声早就响了，但四（2）班的信息技术教师刘心还没有宣布放学。因为她遇到了件小事——一台电脑的鼠标坏了，就是那鼠标的心球被人给抠走了。说是小事也不算小吧，这可关系到一个孩子健康成长的问题哩。再说这损坏了，她做老师的也有责任呀。

"我再问一次，是谁拿了19号电脑的鼠标球？"刘心老师又问。

四十多个孩子都低着头，默不作声。19号电脑座位上坐的是个小男孩，他叫陈丁，看起来有点调皮，可面对刘老师的质问，倒有点害怕了。刘老师问过他三次了，他总说没有拿。刘老师也让学生检查过他的衣袋，真的没有。

"如果今天没有人交出来的话，全班同学一个也不能回家！"刘老师的语气强硬了不少。她想，如果不严厉点，拿走小球的孩子是不会交出来的。

教室里依旧静静的，孩子们的头更低了。

沉默。

5分钟后，刘老师看天色越来越晚，不得不说："明天再找你们，今天你们都回去吧。如果不交上这鼠标的心球，你们班的信息技术课以后就别上了。"

第二天上午第一节课刚下，刘老师回到办公室的时候，一个小男孩早就站在了她办公桌边。

"陈丁，心球真是你拿的吧。"刘老师对着小男孩说。

"老师，是不是交出了心球，你就能给我们班来上信息技术课了？"陈丁问。

刘老师点了点头。陈丁忙从口袋里掏出了一颗白色的小球，递给刘老师。

"为什么昨天不拿出来，啊？"刘老师一接过小球，就质问起陈丁来，"你的品质真是有问题，我其实早就听说你很调皮不听话，倒真是的呀。这件事不能这么完了，你得让你爸来学校一趟。"

刘老师不容陈丁说话，一下子说了这么多。

"老师，您可以不让我爸来吗？我怕。我向您保证我不再拿就是了。"陈丁小声地说。

"不行！你这样的学生不受点教训是不行的。"刘老师声音更大了。"你不请，我来请你爸。"说着，刘老师找陈丁爸爸的手机号码去了。

下午快放学的时候，陈丁爸爸赶到了学校，刘老师正在给四（2）班上信息技术课。

"陈丁爸爸，陈丁昨天上课时抠走了19号电脑的鼠标心球……"刘老师话没说完，陈丁爸爸一耳光"啪"地落在了陈丁头上："你个不争气的东西，只会抠电脑鼠标心球，家里的电脑鼠标心球昨天也让你给抠走了……"

说着，陈丁爸爸又准备向陈丁头上甩过一耳光，陈丁一闪，摔倒在了19号电脑桌旁。刘老师和旁边的同学想着去拉一下陈丁。

"老师，你看！"那同学叫道，"那不是一颗鼠标的心球吗？"

刘老师一怔，这颗黑色的小球正是学校电脑鼠标的心球，早上陈丁给的是颗白色的，难怪放进19号电脑的鼠标里时不那么灵活呢。

陈丁"哇哇"哭叫起来："我根本就没有拿过学校电脑鼠标的心球，我怕我们四（2）班因为我的19号电脑上不成课，我拿了家里电脑鼠标的心球交来了……呜呜……那是我的一颗心……球……"

刘老师和陈丁爸爸怔怔地看着那颗小球，呆了一般。

一块玻璃值多少钱

早晨,四(2)班班主任孔老师一进教室,就被同学们叽叽喳喳地围着报告:"教室后面朝外的一块窗户玻璃破了。"

"好的,我知道了。"孔老师说。孩子们便散到了座位上开始读书,像什么也没有发生一样。紧靠破窗户坐的是王小明同学,他嘟着嘴巴。

"王小明,不要紧的,快夏天了,窗户没玻璃还凉快点呀。"孔老师安慰王小明。

可是,在上午上最后一节课的时候,王小明却撅起了嘴巴。原来,有只苍蝇从破窗户里飞了进来,歇在王小明的书本上,时而飞来飞去和他逗趣儿呢。窗外不远处,是学校的一个垃圾堆。

好不容易挨到下午放学,撅着嘴的王小明回家把这事告诉了妈妈。妈妈立刻安排爸爸的工作:"你拿条烟去一去孔老师家,让他明儿把小明的座位换一换。"

第二天第一节课,王小明和李飞换了座位。和苍蝇做一天朋友的李飞下午回家把这事又说给了爸爸听,在市财政局做局长的爸爸把电话打给了学校的张校长,张校长给孔老师下命令:"把李飞的座位换一换。"

这样,第三天时,李娟坐到了破窗户旁,李娟哭哭啼啼地跑回家,心疼孙女的爷爷立刻提着两瓶酒到孔老师家拜访。

第四天,张平的妈妈买了水果去了趟孔老师家。

第五天，王丽的爸爸挟着"脑白金"上门拜访孔老师。

……

等到下周的时候，全班54名学生竟然有33名家长用不同方式找了孔老师，希望家里的孩子不要坐在那扇破窗户旁。

可是，当换到吴一坐在那地方的时候，窗户却安上了一块亮透透的玻璃。"是谁安上去的？"孔老师问。

"是我。花一元二角划了块玻璃安上的。"吴一轻轻地说。

下午学校放学后，孔老师留下四（2）班学生召开"一块玻璃值多少钱"的主题班会。同学们不知孔老师葫芦里卖的是啥药，等到孔老师打开两个大盒子时，才恍然大悟。两个大盒子里装着满满的礼品，有烟，有酒，有水果，每件礼品上写着一个学生的名字。

"同学们，一块玻璃价值不小哩，这些就是它的价值。"孔老师指着两个大盒子说。"换成钱的话，值三千元左右吧，还要加上几个当官的家长使用权力的价值。可是，它实际的价值是多少？请吴一同学说说。"

"一元二角。"一个响亮的声音。

"一元二角只是表面的。我们要知道，一个人的成长过程中不可能不会遇到破了玻璃的窗户的时候，这时，不要只是靠爸妈，靠金钱和权力来解决。更重要的是靠自己，靠自己，有时真的很简单。"孔老师又说。

孔老师按名字将礼品发给了学生，同学们提着礼品准备回家后和爸爸妈妈说说这一块玻璃值多少钱哩。

受伤的白鹭

蓝蓝的天，白白的云，微微的风。

清清的湖水，偶尔掠起一阵涟漪。绿绿的水草上，不时停下几只白鹭。

已经好久没有见到这样一幅惬意的美景了。丁丁看着这画一样的田野，甭提多高兴了。但他是不能用美丽的词句来形容这幅画的，他才十二岁，读小学六年级。今天星期天，丁丁和同学小小一块到市郊来看看风景。

砰！

是一声枪响，紧接着是一只白鹭掉了下来，掉在了青青的草地上。一会儿，有个三十多岁戴着鸭舌帽的人走近了那只掉下的白鹭。他带着枪，手里还拿着个黑袋子，准备将白鹭装进去。

"你不能带走白鹭！"不知是哪里来的一股勇气，丁丁叫道。

"我打下的，我不能带走吗？"鸭舌帽说。

"你打死了白鹭，老师说，白鹭是国家级保护动物，你犯法了。"小小也说道。

"哈哈，小家伙，给老子讲法呢，你嫩着哩。"鸭舌帽笑道。

"你就是不能带走白鹭。这只白鹭受伤了，我们要将它带回去给它治伤。"丁丁说。

"叔叔，你不要带走。"小小说。

"你们说不带我就不带呀？让开！小心老子手里有枪。"鸭舌帽抖了抖手中的枪。

丁丁和小小忙上前护住了那只受伤的白鹭。鸭舌帽急了，拿起枪，用枪托向丁丁和小小用力打去。丁丁和小小用手一拦，两人的手臂上顿时皮破血流。

"小小，我留在这儿，你去那边把我的爸爸、你的爸爸叫来。"丁丁说。

听了丁丁的话，鸭舌帽慌忙跑开了。其实，这是丁丁的一个聪明的小计谋呢，他们的爸爸都没有来。

见鸭舌帽跑远了，丁丁用双手抱起了受伤的白鹭。两人顾不得手上的伤，高兴起来，想着先回家，然后去给白鹭治伤。

进了城区，丁丁和小小正计划着怎么办时，冷不防一个声音响起："你们两个小学生怎么了，抓住了国家级保护动物白鹭？这是犯法的。"

"不是呀，叔叔，有人用枪打伤了它，我们想着给它治伤呢。"丁丁和小小望着说话的打红领带的男子说。

"你们真是好孩子。告诉你们，我就是市动物保护站的。这样吧，把白鹭交给我，我那儿有专用治动物枪伤的药。"红领带说。

听了这话，丁丁忙把白鹭交给了红领带。这下，丁丁和小小才真正地松了一口气，两人会心地笑了，手上的伤也觉得不痛了，又到儿童游乐园玩了一会儿才回家。

丁丁一回家，就被爸爸叫住了："丁丁，你跑到哪儿去了，今天改善生活，想等你回来，总等不到，快点来吃吧。"丁丁朝厨房那边看了看，爸爸和两个朋友正就着一大碗汤在喝酒。丁丁走过去，立即有人给他盛了一碗汤。丁丁抬头一看，这不是那红领带吗？红领带对他呵呵地笑着，说："今天的这一大碗汤呀，还真亏了你呀。"丁丁一惊，转身看了看桌子旁边的垃圾桶，垃圾桶里还有一堆白色的羽毛。丁丁一切都明白了。

"吃呀，丁丁，"爸爸说，"哟，你的手上怎么受伤了？今后出去玩得小心点。"

看着那一堆白色的羽毛,听着爸爸和红领带他们之间的谈笑,丁丁凝固了一般。

泪,从丁丁的眼里涌了出来。

老　侯

　　老侯不老，刚刚四十出头。
　　许是秃头的原因，乍看上去，老侯五十挂零了。粗短的身材，一年四季裹着深黑的衣服。当然，在秋冬时节偶尔会系上根鲜红的领带。宽宽的额头下闪着一对灵动的黑眼珠，这是陌生人见老侯时觉得最生动的部位，眼珠上写着老侯的不俗。脸上总是漾着浅浅的笑，笑得深了，就有小小的酒窝，如婴孩般可爱。一支烟，总是被老侯魔法般吸在身上，不是挂在厚厚的双唇，就是夹在粗粗的右手食指与中指之间。
　　"老侯的笑声里总是冒着呛人的烟味哩。"好多认识老侯的人都说。老侯是学校语文组的老师，我的同事。
　　认识老侯的人都叫他"侯哥"，许是和孙大圣"猴哥"谐音吧。于是，理所当然地，学校里男女老少，异口同声地称他"猴哥"。猴哥，当年西天取经小组的大师兄哩。大师兄也确实不是浪得虚名。十多年前，在省城的一次骨干教师培训会上，我遇到老侯，我以为他和我一样去参加培训的，谁想他竟一屁股坐到了主席台上，口若悬河般讲起了语文教学。培训会上的资料，就是老侯发表在国家级重点期刊上的论文。
　　可是，想不到，几年之后，他和我都先后调进了县一中。更想不到，这个老侯，居然喜欢打架。那是我和老侯在县一中的第一次见面。办公室里，老师们为试卷上的一道选择题争论不休。争来争去，老侯和一个年轻老师"亲密"地动起了拳头，两人一起滚到了地上。好在上课铃声及时地响起，老侯爬了起来，拍拍身上的灰土，拿起课本，一溜烟地跑进了教室。第二天，老侯拉着那年轻老师叫道："哎，打乒乓球去吧，咱俩一决雌雄。"身后留下一串散发着烟味的笑声。

老侯嗜烟，但又舍不得抽好烟。偶尔有了一包价格贵一点的烟，他就会拿到小卖店去换三四包便宜烟。"这节约了不少哩。"老侯呵呵笑着说，"要是没有这烟哪，我的那些文字怎么能整出来？"学校教职工大会，老侯的身边照样是烟雾缭绕，领导在主席台发言才开始，他怪愣愣地递出张纸条：

一梦红楼幻且真，炎凉写尽著奇文。珠玑字字见真意，一节一读一怆然。想不到这是老侯写诗的好时机哩。平时课上完了，老侯也会点燃支烟，写上首诗。写完了，传给同事们看。自个儿将脱了鞋的脚放在办公桌上，洋洋得意地抖起来。仔细再看，抖动的双脚上的袜子，分明有几个破窟窿。

"校长来了。"有人喊道。

老侯慌忙拿下了双脚，塞进那双似乎几个月没有擦过的皮鞋里。一看，校长没来，得知是有人故意开玩笑，老侯便扯开了嗓子："上个月，校长和我一同去省城，说有机会提拔我，我说你比我大一岁，我要你提拔个屁……"大家正想着听下去，却没有了声音。一会儿，有浑厚的男中音响了起来："长亭外，古道边，芳草碧连天……"老侯唱起了歌，于是有人开始收钱："老侯卖唱了，老侯卖唱了。"大伙笑嘻嘻地递过几张毛票，放学时就有了路边小店的一顿饱餐。

老侯读过不少的书，现在也读。高深莫测的《庄子》，他居然能背诵十多个篇章。他住在学校校园的时候，常常听见有人大声地诵读文言文，只闻其声不见其人，那人就一定是老侯。好读书的老侯也写书，居然编了本《中学汉语教程》，让高考学子好生钦佩。我一见到这本书，就想，这真出自于那个好打架的老侯之手么？

去年下雪天，有人拿气枪在校园打鸟，老侯冲了过去，大叫："不准打鸟！"那人回道："老子打鸟关你屁事？小心老子打人。"老侯挺了挺不高的身躯，拍了拍胸脯："来吧，朝我这儿打。"打鸟人看这架势，慌忙退出了校园。下午，语文组老师聚餐，正好有人点了卤鸟这个菜。才端上桌，老侯徒手抓过一只鸟就往嘴边送，我按住了他的手："上午不是劝人莫打鸟么？"老侯轻声说："哎哟，君子远庖厨嘛，主张不打鸟是对的，但有人打了，吃还是要吃的呀……"一会儿老师相互敬酒，老侯只是舔一舔。突然，一女老师站起来敬酒："侯哥，为你上午的勇气，敬你酒，你慢点喝哟。"谁知老侯端起酒杯，一仰脖子，喝了个底朝天，脸上喝得一片绯红。

去年年底，老侯买了新房子，搬出了校园。住新房是要请客的，但老侯一直不请，说："我买了房子，没钱买家具，请什么客啊？"谁想，昨天，他身上背了个背包来上课，背包里背着台手提电脑，一万多元哩。

这个老侯！

黄老师

黄老师是我的老师。

那是县一中开学的第一天，我们急匆匆地往教室赶。偏偏，狭窄小道上，有个老头挡住了我们的去路。老头凌乱的头发，黑厚的额头下戴着副厚厚的眼镜，一手托着个酱油瓶，一手捏着几张零钱，想是刚才上商店买酱油了的。厚厚的眼镜片，厚厚的酱油瓶底，我们扑哧笑出了声。老头忙不迭地让开了路。几分钟后，上课铃响，是语文课。进来个老头，居然就是刚才路上遇到的那老头。头发还是那样的凌乱如鸡窝一般，居然，穿着双皮鞋，却没有穿袜子。

这就是我们的黄老师，黄光熙老师。

没有严肃的上课仪式，黄老师开始讲课。讲的是朱自清先生的《绿》。黄老师眉飞色舞，口若悬河，唾沫星子时不时地溅在前排同学的课本上。说朱先生笔下的"绿"呀，是任何人都描摹不了的，如果想描摹，一定是青蛙掉在了醋坛子，酸死了。我们哈哈大笑。

再来上课，他仍然是凌乱的鸡窝式头发，仍然穿皮鞋，不穿袜子，但我们喜欢听他的课。我鬼使神差般地还成了语文课代表。一次送作业进他家时（那时教师在家里办公），他正蹲坐在小板凳上埋头洗衣服。好大的一盆子衣服，应该是一家人的吧。送了几次作业，我从没见过他的孩子们，更不用说见到他的爱人了。倒在他的书桌上看到了他写的文章，字是端端正正的蝇头小楷，文是清清爽爽的哲理之文。我真怀疑是出自他之手。就在一张随意扔丢的《羊城晚报》上，我翻看到了一篇署名"黄光熙"的三千多字的散文《经年》。

临近期末，我又去送作业，他递给我一本书："明天我就不能给你们上课了，送本书给你做个纪念。"书名叫《江城旧事》，书名下边赫然印着"黄光熙"三个字。

第二年的春天，我们走进校园，再次看到的黄老师，居然推着个小烟摊在校园里穿梭。于是，每天的早上六七点、晚上八九点，伴着一阵阵的车轱辘声，我们就知道是黄老师的小烟摊出摊、收摊了。

他为什么不教我们了呢？我们疑惑。

毕业后的一个中午，我路过县汽车站，见一家小商铺挂着"黄老师烟摊"的招牌。会是我们的黄老师吗？我想。探过头去，果然是他，正埋头清理着一盒盒香烟。他的头发，已经分成三七开发型，衬衫比以前洁净多了。

我没有打扰他。同行的朋友说，这黄老师呀，做生意赚票子哩，他讲诚信，从不卖假烟，买烟的人有很多都愿意在他这买烟。

又过了五六年光景，我到县城有点事，在汽车站前，却没有看到"黄老师烟摊"了。问了问隔壁门面的女人，她说："他的儿子不争气，弄了好几箱假烟来卖，他认为坏了他的招牌，早不卖烟了。再说，这老头也忙着结婚哩，前前后后结了八九次婚了，上个月又请了婚酒，我还送了人情的……"

前年九月，我调到县城一中工作，在一条小巷，看到一家"黄老师足道馆"的招牌。我心里一惊，莫不是我们的黄老师？我不由自主地走了进去，在一本《中国足疗》杂志后面露出了一张脸，正是黄老师，在津津有味地看着《中国足疗》杂志。

"来了。"他说，他居然还记得我。

"看看，我在《中国足疗》上发表的足疗研究文章。"他又说，"今儿个我来为你做次足疗……"

"不了，我还得上班哩。"我说。

"在哪儿？"

"县一中。"

"做老师，做老师好哇……"黄老师说。我分明看到他厚厚的镜片里有团雾气似的。

郑校长

郑校长是县一中校长。

那时我还在乡镇一所中学工作,正在讲台上眉飞色舞地讲着鲁迅先生的小说时,接到了一个陌生的电话:"……我姓郑,县一中的,你到一中来上班吧,就明天……"

这样,我这个乡镇中学的老师直接调入了县一中,惹得好多想着调到县城的老师羡慕不已,"这是调一中哩,这小子怕是重拳出击,花了大把大把的孔方兄吧……"我听了,上前揍了那家伙一拳:"这拳重不重啊,狗日的,老子认都不认识郑校长哩。"从来不动粗的我发起了脾气。事后我知道,郑校长从乡镇调进了两个人,一个是我,所谓的作家;一个是诗人楚亭。他说,一中需要这样的人才做老师啊。

过了几天,我起了个早,坐早班车到县一中报到。一中学生正上早自习,我在校旁早点摊上打听郑校长的办公室,年轻的早点摊老板没有出声,只是对着旁边小桌上的人努了努嘴。小桌上的人正吃着早餐,一碗面条,一份蛋酒。我明白了他的意思,凑了过去"……您是郑校长吧?"

就这样,在早点摊,我认识了郑校长。

郑校长个子不高,眉宇间却总能透出逼人的英气。也许正是这逼人的英气,让郑校长打过两次架哩。一次是在校长办公室,一个旷工的教师质问他为什么要扣自己当月的课时津贴,而且蛮横地要求当时造表册给补回去，把郑校长的办公桌捶得啪啪响。郑校长立马脱去外衣，大声道："我今天这个校长不做了，想打架就来真的，看你赢还是我赢？"话还未说完，那教师已经灰溜溜地退出了办公室。还有一次是在省城的大街上，有扒手扒了他的手机，当时他就发现了，一把扭住扒手的胳膊，猛地一拳打过去，一声"拿来"，扒手交出了手机。"郑校长呀，这从某种意义上说，是你又抢回了一部手机哩。"有人事后对他笑着说。

郑校长是教语文的，很会写文章。大学时，他总是做着灿烂的作家梦。曾经，一个月不到，一部长篇小说杀青；创作的诗篇，很多校友都传抄过。我曾经发表过《我们的孩子》这篇关于高中学生的小说，他不知从什么地方看到了，说："好啊，我们学校教师中的著名作家，我们的骄傲！但是，仔细想想，你这篇小说的结尾，是不是有点拖泥带水呢？要是戛然而止，效果恐怕会好得多哟……"我想了想，真是这样的，他郑校长在文学上真"有几把刷子！"郑校长对语文教学更是有他深层次的思考，他常说："没有教学思想的教师是不够称职的，没有教学思想的语文老师那更是误人子弟啊……"做了校长，他还是不停地钻研着教育教学，时不时地发表些极有个性的教研文章，我曾看见过他写的《人师与经师》一文，被许多重点中学的校长引为最佳教师培训材料。

下棋，是郑校长的最大爱好。他做老师时，曾经和一个姓张的老师下围棋，通宵达旦。做了校长，也不忘和张老师切磋切磋，等到了张老师要上课了，郑校长忙说："不慌，不慌。这一盘杀完再走……"张老师无心恋战，惨败而归，惹得他哈哈大笑。就是这个张老师，承包小卖部时想中途不干，向他提出，遭到严词拒绝："你个搞不清白的东西哇……"老师们都知道他这是把张老师当铁哥们儿才说出的一句话，可后来郑校长亲手提拔过不少的干部，就是没有这个铁哥们儿的份儿。张老师的儿子十周岁庆典，他早早地去了，喝酒，打牌，闹了个几天，倒真玩了个痛快！

郑校长会开车。学校有一辆简易"皮卡"车，他每天开着上班，开着进县政府开会。有政府官员就和他打趣："还是一中校长哩，开着个烂皮卡。"他只是呵呵一笑："这已经不错了啊。"记得那次钟老师乡下的父亲去世，我们去吊孝，他后来也去了，回学校时，他车内的座位不够。他一摸脑袋："不要紧，皮卡的优点就是还有车厢啊。"说着，他跑到村头抱来一捆稻草，说："将就点吧，这天气，坐车厢也舒服哩。"我们看着他抱稻草的样子，心想，这哪里是一个校长啊，既当司机，还抱来稻草给我们做坐垫，我们做教师的真是幸福啊！

郑校长喜欢喝酒，酒量不是很大。上级领导检查工作，他极少碰酒杯，和老师们在一起时，就开怀畅饮。有老师估摸他的酒量差不多时，就偷偷地替他倒点酒出来进自己的酒杯。要是被郑校长发现，他马上夺过酒杯，将酒倒回自己的酒杯，而且倒得比先前还多，并且还说："乱来！我的酒量真不如你？"一次学校教职工元旦前联欢一起吃饭，他提前一周就没喝酒，而且每天坚持跑两千米，说，到时那餐酒的量得对得住老师哩。说得老师们哄堂大笑。元旦联欢会表演节目，郑校长缓缓地走上前，从怀里掏出支短笛，自个儿吹起了《赛马》，一听，比用二胡演奏的还有震撼力，惹得老师们手掌都拍疼了。晚会结束了，老师说，明天元旦，学校门口得贴副对联，最好由郑校长亲自题写。老师们以为难住了他，他会拒绝。谁知他一把拽出后勤主任："笔墨伺候。"一会儿，对联题写完毕：兴国先兴校，育德后育人。老师们一惊，对联上联居然嵌入了他校长大人自己的名字哩。

郑校长名叫郑兴国。

昨天，学校召开教职工大会。郑校长坐在主席台上讲话，两腿蹬在前边发言桌的横木上，偶尔还来点摇晃的动作，虽然有布帘拦着，但是老师们在台下看得清清楚楚。宣布散会时，有老师走上前轻声对他说："郑校长，你刚才发言的姿势不像一个校长形象哩。"

"那你说校长的形象应该是怎样的形象啊？"郑校长笑着大声说道，说得老师们都笑了起来。

唐善龙

好久没见到唐善龙了。

他是我第一次带高三年级时的学生。那时刚一分班,就有老师大声地叫:"不知哪个班收留了唐善龙哩。"我应了声:"是我的班。"

"那你倒霉了。"几个老师围拢过来,七嘴八舌地说开了。

"这个学生,说起来成绩不错,其实他抽烟、喝酒、打架、逃课,真是无所不为……"

我不去理会这些话。学生也还只是学生,我心里想。我又看了看唐善龙的进班名次,第五十二名。

第二天上午,学生进班,果然,唐善龙没来。我去查了查他的家庭联系方式,居然没有电话,只在地址栏留了"民主街"三个字,心想,这下家访也不成了。开学一周过去了,就在我们都以为唐善龙已经辍学了的时候,教室门外来了两个人,唐善龙和他的父亲。他的父亲拿着半截竹棒,向着我说:"老师,这下我把他请到了学校,竹棒都打断了……"同学们哄堂大笑,唐善龙一言不发,走上了最后的一张座位。

第二天,我找唐善龙谈心,我动用了我的三寸不烂之舌,苦口婆心说了一箩筐话,可唐善龙像截木桩,总是一言不发。我有点恼火,说:"你是不是男子汉,啊?"

"是!"唐善龙大声叫道。随后,又小声说:"请给我支烟。"我一惊，还是从衣袋里抽出一支烟给了他。他很自然地拿出了打火机点燃。我发现他的眼睛里布满血丝。

"昨晚没有睡觉？"我问。

"嗯。"

"做什么？"

"看小说，看了一整晚。"

"什么小说？"我又问。

"《老人与海》。你看过没有？我这是第五遍了。"他吐着烟圈说。

"知道吗？"他又说，"一个人是不可能被别人打倒的，只有自己被自己打倒。每次看《老人与海》，我就有一股无穷的力量。"他啪地扔了烟头，用脚狠狠地踩了踩。

"我不会再让您操心的。"唐善龙说。然后，一步一步稳稳地回到了座位。我听见，他说了一个"您"字。

我不知道我为什么会给他一支烟，现在也不明白。不过，从那以后，唐善龙再没有抽烟，再没有逃课。打过一次架，是校外的小混混在班上找女生，被他拳脚交加地赶出了校门。

"没想到个子不高的你有这样的身手哩。"望着他受伤的胳膊，我说。"个子不高，浓缩了精华，浑身是胆哩。"他笑着说。这是我第一次看到他的笑脸。

高考之前的模拟考试，唐善龙跃成了班上的第六名。高考，他顺利地考取了一类重点大学。

收志愿表时，我惊奇地发现唐善龙填的是一所二类大学。"为什么呢？"我问。

"这所大学数学系不错，我喜欢。"他平淡地说。我又看了看学费，这所二类大学比好多大学都低。我似乎明白了他填报的真正原因。他的父母，是小菜贩。他家中，还有两个读书的妹妹。

好久没有见到唐善龙了。去年过年前，一个陌生的长途座机号传入了我的手机："老师，您好……"

这小子，在这满世界都有手机的时候，听说还没有买手机呢。

关 爱

初二（2）班，以"关爱"为主题的班会课正在举行。

"大家说说自己身边的关爱故事吧。"主持人班长小丁用自己的口才尽力地鼓励着班上的同学发言，因为这是一节公开课，听课的有包括学校白校长在内的领导。

先后有同学接过话筒，讲述着自己家中的关爱故事，让大家共同感受着一份份难得的深情。"还有谁能说？"小丁又说。

一个瘦瘦的女生站了起来，慢慢地。一接过话筒，她似乎要哭了起来。

"别激动，梅子。"小丁不失时机地安慰了一句。

"亲爱的同学们，我要说说我家的故事……"梅子开口说话了，"三年前，我爸就和我妈离婚了……我爸不要我，我判给了妈妈……呜呜……"

梅子哭了起来。

"慢慢继续说。"小丁劝道。

"呜……这三年来，我和妈妈相依为命。妈妈为了我，选择了不再嫁。她没有正式工作，为了生活，她给人看过店子，自己推小车卖过夜餐，还捡过垃圾……呜呜呜呜……"梅子拼命哭了起来。

孩子们有的也哭了起来，听课的领导、老师眼眶也湿润了。

全校公开课评比，初二（2）班的"关爱"主题班会被评为优质课，将代表学校参加全市的班会课评比。学校政教处刘主任对这节班会课进行了点评，说这节课的亮点就是梅子同学的发言，到时候到市里上评比课时，能否讲述时语速更慢一点，那样就更令人动情了。

一周后，初二（2）班代表学校在市里讲班会公开课。公开课上，梅子开始发言："三年前……我爸妈就离婚了……爸爸不要我……呜……我判给了妈妈……妈妈为了我，她没有再婚……呜……为了生活……她给人看过店子……推车卖过夜餐……还捡过垃圾……呜呜……"

听课评委落泪了。这节课在市里被评为一等奖第一名，初二（2）班将代表全市到省城去参加全省的班会课竞赛。市教育局张副局长建议：梅子发言时能不能哭声再大一点？那样这节以"关爱"为主题的班会课，才更有说服力啊。

一个月之后，全省班会课竞赛活动在省城举行。白校长亲自带着学生上省城。又轮到梅子发言的时候，先是一阵痛哭，然后逐字逐句地哭诉：三……年……前……我……爸……妈……就……离……婚……了……呜……呜……

梅子的这次发言花了近十分钟，在场听课的人无不潸然泪下。评委们给分都很高，有两个评委给出了满分。白校长欣喜不已，忙着给市教育局报喜，并电话安排学校政教处刘主任迅速组织人拉几条横幅，内容就是庆祝班会公开课在省里获大奖……

学校里横幅拉起来了，庆功宴在最豪华的帝王酒家也订好了。可是，白校长带着学生回来时，却都耷拉着脑袋。

"为什么不是一等奖呢？"刘主任忙问。

"省里一位专家说，我们选题是'关爱'，可是我们偏题了……"白校长有气无力地说。

"这怎么会偏题呢？这怎么会偏题呢……"刘主任困惑不已。这个问题，白校长昨天也想了一整个晚上。

不是几只狗的故事

刚从师范毕业的时候,我被分到了一个乡村小学任教。白天上几节课,晚上就在小学校里住校。同我一起住校的还有大兵和春子,和我一样,都是刚毕业不久没有女朋友的光棍老师。

我们仨把学校的一间小房当厨房,轮流买菜做饭,日子过得倒也优哉游哉。可是,接连几天,我们买回来做菜的肉一放在厨房就不见了。我们正怀疑是有学生拿走时,小学校的校长对我们说:"我这几天常看见只黄狗在校园里跑来跑去,也许是它偷吃了吧。"我们都见过那条黄狗,瘦瘦的,却很有精神。于是,我们立即去找那只黄狗,准备找它算账。

在校园的墙角,我们看到了两只狗。一只正在吃着肉块的狗,是条黑狗。那只黄狗,蹲坐在旁,安闲得很。哦,原来这黄狗黑狗是一对情侣哩。单身的我们满怀醋意地投过去几块砖头,但没有打中它们,黄狗带着黑狗从一个狗洞里钻出去了。我们看着那被黑狗没吃完的半块肉,都愤怒不已。我捡起那半块肉,得意地拿回了我们的小厨房,我要用这半块肉来"钓"狗。

果然,下午最后一节课时,那只黄狗溜进了厨房。它正准备叼起那半块肉时,门"嚓"地被我们关上了。"关门打狗"的战役打响了。我们各人拿一根木棍,朝那狗拼命地挥去。谁想,我们打得越急,那狗叫得越厉害,猛然一跳,竟然破窗而出。我们只有无奈地放下手里的木棍,惊奇地看着黄狗扬长而去。

"总有一天会抓到你的,让我们饱饱地吃上一顿狗肉。"春子愤愤地说。

第二天,我和春子上完了课,正在校门口闲聊。忽然,那黄狗又进入了我们的视线,在马路的对面,它衔着根骨头,向学校这边跑来。它急冲冲地过马路,和一辆快速奔驰的汽车碰了个正着。汽车疾驰而去,大黄狗倒在了马路上。

"嘿,得来全不费功夫哩。"春子叫道。

猛然,那黄狗一跃而起,又衔起不远处的骨头,哧溜钻进了校园。我们两人惊愕不已,这狗的命可真大哩。我们紧跟着追进了校园。在那校园墙角,只见黄狗将骨头转交给了那只黑狗后,自己却倏地倒在了地上。我们又拿起砖头去砸,黑狗愤怒地叫了两声,极不情愿地从狗洞跑出了校园。我们走近去看黄狗,已经死了,眼睛也闭上了。而它的头部,是一片鲜红。"肯定是刚才汽车撞的。"我说。我不明白为什么黄狗有这样一股力量,在临死之前,居然也能将骨头衔到了黑狗这里。

黄狗的死,为我们仨带来了丰盛的晚餐。我们高兴地举杯,庆祝着我们不费一枪一弹的胜利。

我们的小厨房再没有丢过肉。

可是,才过几天,大兵气冲冲地跑来说:"不得了了,你们快去看,那只黑狗带着四只小狗在校园里游荡哩。"我们猛然醒悟,原来黄狗的付出,不只是为了黑狗,更是为了它的下一代呀。过了一会儿,有学生哭哭啼啼地跑进办公室来找我们:"老师,那黑狗在我们手中抢东西吃。"

我们到操场去看,黑狗正盯着孩子们手中的食物,准备伺机而上。这会儿,大兵悄悄去了墙角,捉了只小狗,放进了他的寝室。刚关上门转身,黑狗挡住了他的去路,撕心一样地叫着。大兵想跑,黑狗紧追不舍。我们拿着木棍去帮大兵解围,黑狗却也不甘示弱,倒迎了上来。大兵走到哪儿,黑狗就狂吠着跟到哪儿。没有办法,大兵只有打开了房门。黑狗冲了进去,叼走了那只小狗。

第二天上午第二节课下时，有学生惊慌地跑来："老师，红儿被抢食的黑狗咬了……"红儿是村支书的女儿。

"这还了得？你们仨立即将这狗们灭了。"快五十岁的校长对我们发出了命令。

我们立即拿了木棍去寻黑狗，没有看到。我们来到院墙外。在墙根，居然有个像样的狗窝，黑狗吃着食物，四只小狗吃着黑狗的奶。我想拿木棍去打，被春子叫住："不行，这样是抓不住黑狗的，听我的……"

一会儿，黑狗从狗洞里进入校园，刚伸出头，就被狗洞边的铁丝套紧紧地套住了。这是春子的发明哩。黑狗越是挣扎，铁丝圈就越紧。听到黑狗的叫声，围墙外的小狗们也叫了起来。几分钟后，我们看着黑狗痛苦地死去。死的样子很惨，瞪着两个大眼珠，看着我们。

我们把几只小狗扔到了墙外，没几天，几只小狗全饿死了。

看到四只已经僵硬的小狗，我们仨都懵了。

"埋了吧。"我轻轻说。

就在墙根处，挖了个小坑，将四只小狗和那只黑狗埋在了一起。我们仨匆匆掩上黄土，一声不响地离开了。

直到现在，我再没有吃过狗肉。在我的脑海里，常常有只黄狗被撞后一跃而起的镜头闪现；在我心里，时时有只黑狗的那对眼珠圆瞪着。

我觉得，它们不只是狗。

乞 丐

我、小李、老孙三人在街头溜达。我是一名中学教师，小李是市财政局的科长，老孙是个私人企业的老总。

走到"麦当劳"门口，我们准备进去坐一坐。

忽然，我们几乎同时看见，大约前方二十米的空地上，躺着一张百元面值的钞票。我们不由得加快了脚步。看来，这顿"麦当劳"是不用我们自己掏钱了。

几乎就在我们弯腰去捡起那张钞票的同时，一只黑乎乎的手伸在了我们的前面，捡起了那张躺在地上的百元钞票。是个乞丐，四十多岁的瘸了一条腿的乞丐。

我们大失所望，不由哑然。瘸腿乞丐拿着钞票，望着我们哈哈大笑，黑黑的面庞里闪着几颗还不算黑的牙齿。

老孙拿出了他那钱包，对乞丐扬了扬。他的钱包厚厚的，里面钱当然不少。

"他捡了一百元，顶得上乞讨两三天了。"小李说。

"看，他进了麦当劳了。"我提醒说。

我们随着他也走进了"麦当劳"。谁知，瘸腿乞丐没有走向服务台，却一跛一跛地迈向了那个寂寞的"公益捐助箱"，将那张百元钞票抚平，稳稳地投进了箱子。那样子，很是神圣。

我们到服务台点了饮料和食品，选择了二楼靠窗的桌子坐下。可是，我们三个都像没有了食欲，也没有刚才的那么多话语了。

窗外，瘸腿乞丐仍旧用他特有的姿势蹲着坐着，面前的破碗里有着数得清的几枚硬币。

木脑壳

木脑壳是俺族里的叔,年纪和俺差不离。这木脑壳的名儿是俺们兄弟替他取的。那年头,乡下常放电影,那晚放的是《地道战》,一阵枪响过后,他忙着在银幕下找东西。

"找啥?"俺们问他。

"枪子儿呗。"他说。

"真是个木脑壳。"俺们齐声道。

木脑壳是个贬人的号儿,俺们那会儿是没讲究个长辈晚辈的,于是不到三五天,叔的"木脑壳"名儿就像长了翅膀一样飞遍了村子里的角落。就连他爹娘也这么叫,说,他昨晚吃了两大个瓜,又给尿床了,尿床了也不吭一声,睡在那湿垫上。

"咋不挪个窝儿?"他娘拍着他屁股片儿,问。

"俺想用俺身上热气儿烘干尿窝儿。"他瓮声瓮气地说。

"真个木脑壳。"他爹接着对他屁股蛋又是两下。

木脑壳和俺们一同开始上学,俺们读到中学时,木脑壳还在小学三年级当班长。他连庄了,他爹就拧他的耳朵说,俺打牌不连庄,你上学倒连庄,气人不?木脑壳个儿特高,比老师还高,他爹怕丢自己的脸,不让他念书了。离开学校那天,木脑壳哭了,像个婴儿一样,号啕大哭。过了几天,他爹让他去学木匠,使墨斗时居然拉不直,师傅便不要了他。他自个儿下到水田去捉泥鳅黄鳝，一天居然可以捉几斤，比人家的都多。先是家里人吃，吃不完了便去卖钱，人家给个三五块，便让人连桶提走。不过，这些钱也足够让木脑壳的小花妹妹读书了。小花妹妹乖，常常领大红奖状，领了大红奖状回来总是先给木脑壳看，木脑壳就咧开嘴大笑起来。

　　后来，俺读完中学又读大学，不知木脑壳在乡下怎么过的。只在俺大学毕业那会儿，俺娘到城里来看俺，说你木脑壳叔就要娶婆娘了，是村西的胖妞。丑着哩，俺笑。

　　"俏了守不住的，再说婆娘胖点就会生胖小子的，这是你木脑壳叔说的。"娘说。果然，不到一年，木脑壳的胖婆娘替他生了个大胖小子。

　　俺大学毕业后回到县一中教书，一直没有木脑壳的消息。不想十多年后，在俺一次下自习的时候，俺碰到了木脑壳，还有他十五六岁的儿子。俺当时一眼就认出了他，还是那模样，呆头呆脑的。

　　"来找你有事儿哩。"木脑壳说，"傻小子金牛今年考高中哩，考你的一中还差十多分，你替俺帮帮忙去，出多少钱俺都愿意，只要让他上一中。"

　　"差十多分儿得多交两千多元哩。"俺说，"为啥非得进一中呢？"

　　"你办就是了，俺有钱，这几年收成好着哩。进了一中，金牛小子会使劲儿学的。说回来，一中的学生娃到时都是好大学生，也都是俺家金牛的同学，毕业后，俺家金牛不就沾大光了？"他说完嘻嘻地笑了。

　　俺应了下来。他又说，俺还得去趟铁青家。

　　"干啥？"俺问。俺知道铁青也是俺们儿时伙伴，不过人家已经是县人事局局长了。

　　"明日个肯定有用得着铁青的当儿的。"木脑壳说。但俺压在心口的话没说出，你金牛才上高中，去读大学还早，再说到时金牛大学毕业了，还真用得上做人事局长的铁青吗？恐怕人事皆非了，真是个木脑壳！

　　接下来的几年，木脑壳年年进县城，他家金牛上了个二类大学走了，他还来。俺说，你不用来了吧。木脑壳说，俺是去给铁青送两只母鸡，顺便给你捎了一只来的。

"你犯不着每年去拜访铁青吧。"俺说。

"你是个教书人,可你懂得做房下墙角的理儿吧,墙角下得早、下得宽就好,俺这就是在铁青那儿下墙角呀。"木脑壳说。

金牛从二类大学毕业时,工作真的很难找。偏偏,铁青调任成了副县长,金牛分配到了县人事局工作。

"走,俺请客。"木脑壳立马找到俺说。

"你个木脑壳。"俺指着他的头,笑着说。

一路的爱

小城。1路公共汽车。

一个老人，每天早晨都会坐上这1路公共汽车。每天上午八点多，老人都会准时上车，总是坐在第二排靠右的窗户边的座位上。1路车是环城车，环城一周得一个多小时。奇怪的是，老人上车了却不下车，只是在车上坐一圈了又回来，在上车的地方又下车。

每天，都是这样。

1路车的司机和售票员总是在变，老人的每天上车和下车却没有变。时间长了，1路车的好多司机和售票员也就和老人熟了。

"老伯，您每天都要逛逛这座小城的风景啊。"有个年轻的司机问老人。

"是啊，每天看看。"老人边说边笑。

"那您每天都看，看不厌哪？"

"怎么看得厌哩。"老人又笑了。

可是一想又不对啊。老人每天都是坐在靠右的座位上，那还有一边的风景为什么不看看呢？年轻人纳闷了。年轻人多了一个心眼。每次到了长青路时，老人总会说上一句："小伙子，开慢点，行不行啊？"年轻人就慢了下来，可是这里全是小摊小贩的门面，根本没有什么好的风景啊。于是就问老人："老伯，这里没有什么好看的风景，一会儿到了大桥那儿了，我慢一些开车，多好。"

"就在这儿慢一些就行了，就在这儿慢一些就行了。"老人连声说。

年轻人还是不明白。

终于有一次，这个谜给解开了。就在那长青路站口时，上来一个三十多岁的中年人，见着老人就说："爸，您上哪儿去啊？手里还有没有钱哪？"

老人的神色有些不自在了，忙说："有钱，有钱，我随便走走。"下午，老人当然不在车上，中年人又上了车。司机还是那年轻人，年轻人就问："早晨那老人真是你爸？"

"是啊，是啊，我每个月给几百元的零花钱给他哩。东区偌大一房子也就我爸一人在住。我们在长青路忙生意，真是忙啊。"中年人说。

"其实呀，老人每天都从你们的门前走过哩。"年轻人说。

第二天早晨，司机还是年轻人，老人依然早早上了车，在长青路时，中年人又上车去进货。"爸，你怎么又到处乱跑？"老人像犯了错误似的，小声地说："我就是有些记挂着你们，真的坐不住，想着每天来看看你们，但是又不想打扰你们的生活，这不好么……"

儿子不再吭声了。年轻人不再说话，整个车里一片寂静。

年轻人在长青路把车开得很慢很慢。眼泪，从儿子的眼里流了出来，大颗大颗的。

寻找生命里的黄金

这个故事是县交警大队的一个朋友讲给我听的。

故事的主人公老孙头，听到一则消息后，兴奋不已。其实这则消息和他毫无关系，说的是某市财政局的小车撞死了个老头，赔了12万元。但老孙头听了这消息就来劲儿了，他在心里嘀咕：一条老命也值12万元，要是俺有一天能碰上这样的运气该多好呀，12万元，俺一生也挣不来的，能得到就是找到了俺命中的金子哩，能给俺儿孙们添些富贵，再不用他们成天脸朝黄土背朝天地拼命干活儿了。

于是，老孙头格外留意起来，他知道找这命中的金子得向有地位的车主找，比方市委市政府的小车，最差也要碰上个某局某乡镇的机关车，这类小车也好认，车号尾数呀一般是"8"，或者是"001"。老孙头家离公路近，这样，有事没事地，他就在公路上溜达，就是想瞅准机会握住那十多万元的金子。好多天，老孙头都没见到尾数是"8"或"001"的小车。如果让一般的卡车或拖拉机撞了，大概只有几千元的赔偿吧，那可不行，老孙头想。

机会终于来了，那是个夕阳涂满西天的黄昏，老孙头在公路上又开始了搜索，远远地看见一辆小车迎面而来，小车开得快，他正想看清车牌尾数后就地一卧。忽然，从身后蹿出了个人影，就准备撞向小汽车。老孙头心一惊，慌忙地一把拽住了人影，一看，是村里的王大头。小车

"嗖——"地疾驰而过，果然是辆尾数是"888"的，当然，车里人根本不知道刚才将要发生点什么。

"狗日的王大头，想找死呀！"老孙头喝道。

"老孙伯，俺就是想死呀。"说完，王大头竟然号啕大哭起来。老孙头正后悔刚才失掉了这么一个抓住金子的好机会，听王大头一哭，倒什么想法也没有了。

"啥事哩？"老孙头问。

"家中婆娘拿了家里的 4000 元存款，跟白云村李小二昨晚跑了，这可叫我怎么活啊……"王大头哭着说。

"哭个球？她想跑就让她跑呗，俺大男子汉还怕找不着个婆娘？走，跟老孙伯喝杯酒去。"老孙头一拉二推，把王大头拉到了自己家中，倒了满满的两碗二锅头，对饮起来。一边喝，老孙头一边劝说着王大头要好好生活。

过了几天，王大头的老婆居然回来了，说李小二还是一脚蹬了她，她也真正想到了王大头的好，王大头欢喜不已，和老婆忙提了酒来谢老孙头。老孙头笑呵呵地接受了。

这样，王大头生活好像安稳了，可老孙头还是想着找那命中的 12 万元的金子的事。这不，一大清早，老孙头又走上了公路，说是人少，好撞上车。正搜寻着目标，却远远地看见了个包裹，老孙头走近一看，吃了一惊——包裹里是个女婴，里面还有张字条：出生 15 天，望拾到者好心抚养。老孙头在心里又骂开了："哪个没有天地良心的父母，你只生却不养，真不是人哪。"眼看着一辆又一辆车牌尾号为"8"的小车从身边溜过，老孙头一把抱起了婴儿，立马赶回了家。一回家，老孙头立即叫起老婆、儿子、媳妇起床去打听打听，看是谁丢弃的孩子。但几天了，仍然没有结果。

"那俺就养着她呗。"老孙头传开了话。

"现在呀，老孙头还养着那个小女孩哩，都 3 岁了。"交警大队的朋友又告诉我。

"那老孙头还上公路寻找命中的黄金吗？"我问。

"常上公路哩，但不再寻找那尾数'8'的小车，倒救了10个想寻死的人，还捡到了六百多元钱，当然交给了我们。如今，老孙头成了我们这一路段的义务协管员哩。"朋友说。

正说着，有线人给我打来电话："大记者，有条好消息，有个姓孙的老头在公路上拾到了黄金，价值十多万元哩，你去采访采访吧……"

"恐怕不只值十多万元呢。"我说完笑了，心里一阵甜蜜。

垃圾老爸

又是一个国庆长假。丁丁一放学就把书包甩到了家中的书桌上。"这下可以轻松七天了。"丁丁大声叫着。丁丁才读四年级,圆圆的脸,圆圆的黑眼珠,很讨人喜欢。

"放假了,作业不能不完成呀。"妈妈从厨房里走出来对丁丁说。

"其实也没什么作业,刘老师说放七天的作业就是上交24个空啤酒瓶和30节废旧干电池。"丁丁说。

第二天,丁丁得随乡下的爷爷到乡下去玩几天。确实,在这座小城呆上一阵子,真想到农村去看看。丁丁也早想着去乡下爷爷家玩了。听说那里到处都好玩,空气也新鲜得了不得,还有,小伙伴也多。

果然,到乡下爷爷家,不到五分钟,就来了明明、刚刚、娟子几个小伙伴。一见面,都分外地熟。一问放假的作业,明明、刚刚和娟子的早就做完了,都是课本上的练习。可丁丁却犯愁了:我要做的作业是交24个空啤酒瓶和30节废旧干电池。

"这有什么难,我们几个一块给你去寻就好了。一天不行,就两天、三天呗。"明明叫道,一脸轻松的样子。

"好呀,好呀。"大家跳了起来。人多力量大,不用两天,丁丁的"作业"就完成了。竟然有28个空啤酒瓶,五十多节废旧干电池哩。一看大家的双手,变得黝黑黝黑的了。

在乡下过长假是快乐的。直到第七天，丁丁才很不情愿地和小伙伴们道别，让爷爷送上了回城的车。

爷爷和丁丁进门的时候，丁丁老爸正仰起脖子在喝啤酒，一个饱嗝随之呛了出来，见了丁丁，说："小子，下乡玩去了，也不管作业，老爸正在替你完成作业呢。"丁丁一愣，只见餐桌下横七竖八地堆了十多个啤酒瓶。这时，丁丁妈妈走了出来，说："丁丁，你爸本来喝不了多少酒的，这回为了让你及时上交24个空啤酒瓶，每天坚持喝两瓶啤酒，把肚子都喝大了呢。"

"那还要交30节废旧干电池，怎么办？"丁丁又问。

"这还好办一点呀，今天去地摊上买30节便宜干电池不就得了？"老爸慢慢地说。

"哈……你们看，"说着，丁丁从爷爷背后拉出了个大袋子，"这就是我要上交的作业，我的作业就要我来完成呀。谁让你来替我做？老师说，这就是为了让我们多参加社会实践活动，增强环保意识，培养我们的独立生活能力，可是你们……"丁丁一说，让老爸的酒杯停在了半空。丁丁又说："老爸，我想给你取个名儿。"

"叫啥？"丁丁妈妈有兴趣地追问。

"垃圾老爸——"丁丁大声叫道。

阳光爬满每一天的窗子

秋日的阳光，爬满了窗子，暖烘烘的。

小玮懒得坐起，他来这里住院已经一周了，他的精神如雪崩般塌陷。他无法面对现实——白血病，这是不少电视剧中才看得到的那种病，为什么会降临到我头上，他常常这样问自己。

"小玮，又该化疗了。"王医生走过来，和蔼地对他说。

"我不！我不！"他大声反抗。有人越是和蔼，他便越有一种逆反心理。父母为治疗这病已负债累累。他曾想死，一死了之，但这样做也许父母更痛苦。他常强忍着疼痛，显得十分坚强。"我是初三年级学生了，是半个男子汉了！"他在心里说。

他想初三（3）班的老师和同学，他常常拿出纸和笔，散漫地涂画着他们的名字。他想回到他们中间去。"我不能这样活。"他大声喊叫。纸和笔撒了一地。"我不能这样活，我要读书……"

邻床的病人们不约而同地走到跟前，劝慰他，帮他捡起纸和笔。

又一个阳光爬满窗子的日子，小玮不再喧嚷，因为他收到了一封信："我们都记着你，多么希望你回班读书。你要养好病，不要急躁。急躁了，什么事都可能出现。你应该知道怎样面对现实。要冷静、要充满信心地和病魔作斗争！……

另外，不要回信，把自己的感受写在日记本上吧。"落款是初三

（3）班全体同学。他的心里升起了一轮朝阳，立即在日记本的扉页上画了个大大的笑脸。是的，要和病魔斗争。他在心里大声说。

每天，秋日阳光爬上窗子的时候，小玮便醒了。他期待着，期待着一封信的到来。每天上午九点左右，一封信常常如神灵般地飘到小玮的手上。信，成了小玮的兴奋剂。"比化疗效果还好哩，小玮比以前精神多了。"憨厚的小玮父亲笑开了脸。为了小玮，他已背上了一座债山。为了玮，他宁可牺牲自己的生命。"你要学会与病魔斗争，你已是一个挺棒的半个男子汉了……"

"我们初三（3）班在校运动会上拿了冠军。王小林、张平的1500米还破了纪录呢……还有吴琴的作文在市里获奖了呢……"

他读着来信，如食兴奋剂一般。"这小个子张平怎么1500米破了纪录呢？他以前跑不过我呢。"他急着说给同房的病友们听。病友们都笑着。左床的是个"骨坏死"的小女孩，右床是个大爷。小女孩只会怔怔地看着他，老大爷却总是笑呵呵的。老大爷像没有什么病哩，成天笑脸，只是脸色有点难看罢了。他常常逗小玮开心，不时地说着笑话。不过每天总会用点时间忙不迭地在一个笔记本上写着点什么，挺神秘的样子。

玮知道自己的生命还有希望，因为他知道只要找到和自己相同的骨髓，自己的病就会痊愈。两个多月了，每天他透过窗户看着冉冉升起的朝阳，他每天都充满着生的希望。

"真是天大好消息，小玮，在广州找到了和你相同的骨髓，明天就可以为你植入骨髓了……"王医生说。

"谢谢您。"小玮说。他得好好休息，明天上手术台。"上手术台并不可怕，比得上战场吗？这是你又一次生命的开始……"来信上这样说，正像是为小玮打气，小玮顿时精神万倍。"是的，这就是我又一次生命的开始。"可小玮又纳闷了："我也才知道这个消息，咋班上同学也知道了呢？还有，这寄来的好多信没贴邮票，就算是同学送来的吧，为什么不进我病房呢？还有，这来信字迹是谁的呢，是王小林的？不像，是吴琴的？也不是……"

手术很顺利，三个多小时就完成了，小玮没有丝毫的畏惧，更没有流出一滴眼泪。小玮苏醒过来的时候，已经是第二天。他睁开眼，发觉病房里少了点什么，因为他没有听见右床大爷那爽朗的笑声。

"大爷。"小玮喊。

"大爷走了。"小玮父亲过来说，并递过一封信，"这是大爷留给你的。"

小玮：

你好！

明天你就要上手术台了，你是个坚强的孩子，相信你能挺住。明天过了，你就成了一个崭新的自己。你应该从笔迹上看得出，我就是那个冒充你同学给你写信的人。你刚进病房时很烦恼，我知道你烦恼的原因，你认为自己的病是不治之症，又体谅自己的父母。我从你甩落的笔记本纸上看到了你班上几个同学的名字，于是想着用他们的姓名给你写写信，希望你能挺起人生的脊梁。信中的好多事其实是我胡编的哩。要问我是谁，我是一个军人，上过抗美援朝战场。要问我得啥病住这儿，我也没得什么病，就是骨癌晚期，但我对自己有信心，我坚信我的生命能坚持到你上手术台的那一天。我很庆幸我居然又活了这么长的时间。我走了，去了幸福的天堂……

阳光，爬满了窗子。小玮的眼泪涌出来了，一缕阳光正射在眼泪上，亮晶晶的，暖烘烘的。

进我家喝水的叔叔

一进楼梯口，丁丁就看见一个黑衣人拿着钳子刀具在敲打着他家的房门。丁丁还不到七岁，刚上小学一年级。奶奶刚把他从学校接回来，就继续和她的老伙伴们在楼下无休止地拉家常去了，丁丁只好先上楼。

"叔叔，你想要点什么东西呢？"丁丁问。

黑衣人停住了手中的动作，看见是个小孩，忙说："叔叔口渴了，想喝点水。"

"我手里有钥匙，我来替你开门吧。"丁丁高兴起来了。这是做好事呢，老师明天肯定会奖我一朵小红花。丁丁想。

丁丁开了门，忙着去倒水。黑衣人看了看家里的陈设，大彩电、冰箱、空调一应俱全，心里一阵窃喜。

"叔叔，喝水。"丁丁说。黑衣人接过丁丁递过的一杯水，忙问："告诉叔叔，你家中还有些什么人呀？"

"有我，我爸我妈，还有奶奶。"丁丁说。黑衣人心里一惊。"不过，现在家里只有奶奶和我。我妈早就不在家里了，她不要我和爸爸了，因为我爸爸被关进了铁丝网里。"丁丁又说。

"哪里的铁丝网？"黑衣人问。

"好高好高的铁丝网，还有拿枪的叔叔看着他，不让他出来。"

"你爸爸为什么关了进去？"

"听奶奶说是因为他不听话，我又听隔壁的小玉姐说我爸是偷了人家的东西。不过，他只关三年，只差一个月他就能回家了。到时候，我就有爸爸了，有了爸爸，我也就有妈妈了。"丁丁高兴地叫了，不停地跳着。黑衣人怔住了。丁丁两眼对着他忽闪忽闪地眨着，突然问道："叔叔，你家有小弟弟吗？"

　　"有……有。"黑衣人语无伦次地说。"我家里还有两个比你小的弟弟……我就要回去了。"

　　黑衣人慌忙地走出了门。丁丁又赶了出来："叔叔，你的东西。"说着，递给他那把钳子。

　　才下楼来，黑衣人将钳子重重地扔进了垃圾箱。

　　第二天早上，奶奶送丁丁上学，路过街角拐弯处，发现多了个自行车修理的小摊。丁丁指着摊主告诉奶奶："奶奶，这个补车胎的叔叔昨天到我们家喝过水呢。"

光头美丽

美国西雅图东部一所学校的八年级教室里，物理教师第尔今天一上课没有讲授电磁感应现象，却滔滔不绝地讲起了光头："孩子们，你们留心过吗？光头其实是多么的美丽啊！它凉爽宜人，看起来也干净，而且还可以免去每天梳洗的麻烦，可以消除心中的烦恼。如果上点头油，要多亮有多亮。如果再戴上顶帽子，多酷呀……"

"那我们都去剃成光头吧。"坐在最后边的男生史蒂文叫道。他一个人坐在最后一排，旁边的桌子空空的，他的同桌女生凯特已经有十多天没有来学校上课了。

"史蒂文的主意不错。孩子们，今天放学时，咱们开始行动吧。"第尔老师笑着说道。

第二天，剃了光头的第尔老师一走进教室，就受到了孩子们的掌声欢迎。第尔一看，已经剃了光头的孩子除了史蒂文，还有五个男生和两个女生。其他的孩子围着光头们，仔仔细细地看了又看，心中羡慕不已。

第三天，第尔老师走进教室时，感觉教室里特别亮堂——34个孩子都已经剃成了光头。

"要是凯特来学校上课，也剃成光头，该多好啊。"最爱学习的小个子女生露茜小声地说。"是呀，凯特已经19天没来上课了呢。"马上有孩子也附和着说。

第四天第一节课，第尔老师在黑板上刚写下"光头美丽"几个字，教室门口传来了一个清脆的声音："先生，我能进来吗？"

是凯特。

也是一个闪亮的光头！

"哇！"孩子们叫了起来，大喊着凯特的名字。凯特向同学们挥手致谢，走上座位时，眼睛里早已满含泪水。

"孩子们，这一堂课的主题就叫'光头美丽'。记住，在这所学校有一个美丽的八年级，有35个美丽的孩子，还有一个美丽的第尔老师……下面，请这次活动的组织者史蒂文同学讲话。"第尔充满激情地说。

史蒂文缓缓地站了起来，说："我们亲爱的同学凯特，二十多天前被确诊为血癌，她就请假去治病，但是这种病得化疗，化疗就必须剃成光头。我们可以想一下，凯特治病要承受多大的痛苦啊，可是，她挺住了。她剃成光头，就她一个光头，走进学校走进教室时又要承受多大的心理压力呀？于是，在第尔老师的建议下，我，还有罗斯、约翰逊、杰克等6个同学就想到了我们每个人能不能都剃成光头呢……"

不等史蒂文说完，教室里已经响起了整齐的叫喊声："光头美丽，光头美丽。"

人与蜂

炎炎夏日到来之时,我去开窗子,窗子还没打开,却清楚地看到窗台上方一团黑乎乎的东西,这是个蜂窝。蜂窝上歇满了黄黄的马蜂。我惊讶于马蜂们建造蜂窝的速度,前些天我开窗时是没见着的。我又担心起这些带刺的马蜂们,因为我家中还有八岁的小女,说不定什么时候它们会把她刺着。我想着要把这蜂窝给捅下来。我开始全副武装,穿上了厚厚的夹衣裤,戴上了手套和帽子,脸也用毛巾蒙着,只露出两只眼睛。我拿着竹篙,像攻城的武士一样,慢慢地靠近蜂窝,伸出竹篙,才两下,蜂窝掉了下来。马蜂们如鸟兽散,四处分飞。我也急忙逃离,不好,偏偏有只马蜂追上了我。我根本没感觉被马蜂蜇到,可是我躲进屋子时,我却发觉右耳已经肿起来了。妻挤牙膏给我擦拭说:"谁让你捅马蜂窝呢?马蜂窝在这里也是没什么大碍的,你不去攻击它们,它们是不会主动攻击人的。"

八岁的女儿走过来,没有看我受伤的耳朵,却拉着我的手说:"爸爸,你捅下了蜂窝,那马蜂们是不是就没有了家?那它们住哪儿?"

"它们会有自己的新家的。"我只能这样回答了。我知道我可能破坏了孩子头脑中美好的"家"的概念。

"爸,你看,马蜂们真的要有家了。"女儿叫我。我走近窗台,透过玻璃,我看见了落在地上的蜂窝。几只马蜂围着蜂窝,蜂窝时不时地滚动着,马蜂们像要把这蜂窝抬走似的。但是,我知道它们这是徒劳的,这怎么可能抬得动呢？看来，它们是真正舍不得自己精心建造的家呀，我为我的这种刽子手的行径不安起来。

过了几天，小女又喊我来看，来到窗台下，只见窗台上方的角落，又多了一个小黑点。

"是马蜂们新做的家哩。"小女雀跃起来，我的心也平静下来了，毕竟，马蜂们就要有自己的新家了。晚上看电视，电视里的《动物世界》正播放着马蜂的片子：按运动学和流体力学的观点，马蜂是不能够飞起来的，因为它们的翅膀很薄很轻，身子却显得笨重，不像蜻蜓那样轻盈，可是命运不好的马蜂们却不懂得这一点，拼命一飞，居然就飞起来了，而且飞得很是平稳……马蜂，居然比生活中的好多人都要勇敢都要自信。好多的人，总看到的是自己的缺点，怎么也难飞起来……

晚上，女儿写了篇日记，日记的题目就叫做"我家养了窝马蜂"。

意 外

　　县委杨书记常遇到这样犯难的事，总有人来请他为某馆开张、某店营业、某工程奠基题题字，下乡去检查工作也让人拉着写写条幅，可自己那手毛笔字，唉……

　　来者总是说杨书记之书法刚柔结合却犹显遒劲有力，似蛟龙出海，如猛虎下山，有当年王羲之的风韵。杨书记的心里清楚：你不就是为了让你的馆、你的店、你的工程、你的单位有点名气嘛，向别人说起时，你就会竖起大拇指炫耀"这是县委杨书记题的字"。杨书记心里不大愿意，但扭不过夫人这根筋，据夫人私下透露，每每题字，总会有三五千元甚至更大的收入。

　　杨书记觉得现在应该解决的重要问题是：把字写好。于是，每日公事完毕，杨书记总是要练上两小时书法，或上县文化馆、上县老干局，或干脆在家里练。不过一年，书法水平确实上进不小，还被吸收为市书法协会会员。杨书记练字更勤，向杨书记求字的人也更多了。

　　又是一年，省书法协会举办书法比赛，市书协主席力荐杨书记参赛，杨书记寄出了最为得意的一幅作品——《岳阳楼记》中"先天下之忧而忧，后天下之乐而乐"一联。是日，市反贪局进驻县委，传唤杨书记，调查杨书记涉嫌受贿案。

　　年底，市中级人民法院宣判：杨在任县委书记三年间，直接或间接受贿达250万元之多，依法判处无期徒刑……

　　宣判完毕，正欲退庭，县委办秘书小王急急送来一封发自省书协的信交给杨书记：您的大作"先天下之忧而忧，后天下之乐而乐"荣获全省一等奖。

娘的宝贝

那是个星期天,我想着和老婆娟子、儿子小丁一起到西门公园去玩。这小县城也没有什么好的去处。去西门公园,这是上个星期就说好了的。一大早,娟子就开始张罗了,说得带点吃的喝的,不然那儿的东西那么贵怎么能行,还说得带个垫子去,不然坐的地方脏死了。正准备出发,我的电话响了。

电话是乡下的妹妹王红打来的,王红的语气有些急:"哥,你快回老家来吧,我刚听人说咱娘又病了。"王红说完就挂了电话。我忙着和娟子、小丁说:"今天就不去玩了吧,我妈病了,要回乡下去,丁丁,要不我们一起去看看奶奶?"听了这话,小丁蹦了起来,叫道:"好哩,我可以看奶奶了呢,奶奶那儿有件宝贝哩。"娟子有些不高兴,我就想问个清楚,娟子说:"上半年不是回了一次老家吗,村子里的人都说你娘有件宝贝,说是用个古色古香的木盒子装着。我就看过那木盒子,我让小丁去拿下来看看,倒让你娘给训了一顿,什么宝贝?连自己孙子也不给看。"小丁不管,大声叫道:"你们快走吧,不要吵了。"于是,我们便停止了争吵,带着小丁叫了辆出租车出发了。

其实县城离老家白水村只不过五六十里地,叫个车不用一个小时就到了。但我回老家的次数并不多。我觉得自己真是有点忙,好像天天都有事,每天都在忙。上次回家的时间大概是上半年三月份了吧,眼下进入了九月了呢。我的老家其实也就娘一个人，父亲十多年前就去世了。好几次我说让娘到自己家中去住，可娘总说年纪大了，不大习惯。好在我娘的生活还能自理，再说，妹妹王红就嫁在邻村，多多少少有些照应。至于生活费，我当然是每年提前就给了的。这一点，让我还是感到心安的。

我们一家人回到老家的时候，妹妹王红早就到了。隔壁李大爷小声地埋怨着我们兄妹："你看你们，一个吃着公家饭，一个就在邻村，咋不多用点时间来看看你娘？"王红一把扯过我说："哥，娘的高血压和心脏病又犯了，一骨碌倒在了地上，这次要不是李大爷看见后扶了起来，我们怕是见不着娘了。刚才村里医生来过，用了点药，说还是得到大医院去查一查，用些药，不然，这病会随时随地发作的。"

我于是对李大爷连声说着感谢的话，又忙着和王红准备着将娘送到县人民医院去。娘还不能说话，知道一双儿女回来了，不停地点着头。一会儿，东西收拾好了，还是那辆出租车送去。临上车，我的娘用手指了指床头，我一看，是个木盒子，我想起早上娟子说的话，心想娘是想着带上她的这宝贝吧？就拿过盒子，用枕巾包了一包，递给了娘。娘这才上了车。

进了人民医院，挂号，住院，一切都还顺利。姓刘的主治医生说："幸亏你们送来的及时，不然，你娘真的有生命危险了。老年人患有高血压和心脏病，可能随时与你们说再见，你们要重视啊。"住院用了三天的药，娘的病情这才好了些。在病房外的走廊，王红就问我："哥，你猜娘的木盒子里真的会是一件宝贝吗？"

"我不知道。也许是吧，我听娟子和小丁说的。"我说。

"我想应该是件宝贝吧。"王红说，"村子里的人说，娘在三年前就有了这个宝贝，听说是娘在村东头庙台下开荒时得到的一个宝贝，有人看见的，后来娘就用她最珍贵的针线木盒子给装了起来。"

"去年家里闹贼就是这回事吧。"我又说。

"肯定是啊。但是娘天天将木盒抱着在睡觉哩。"王红说，"你猜会是个什么宝贝？"

"大概是个什么古董吧。"我猜。

"过两天娘就出院的，我和你问问她吧。"王红说。

两天后，娘要出院了。还买了些药一并带回去。到了家，来看望的人们都走了。王红问起了娘："娘，您那木盒子里真是个宝贝吧。"娘的精神好多了，但话到嘴边又缩了进去。我就又问了一遍，说有宝贝让儿子替您保管要好啊，对于您也安全些。娘这才拿过盒子，盒子咚咚地响。真是宝贝哩，我们二人想。娘慢慢地打开盒子，是些奇形怪状的小石子。

我们兄妹同时惊讶地说："这哪是什么宝贝啊，娘？"

娘顿了一下，轻轻地说："这才真是娘的宝贝哩。你们看，这石子有大有小，再数一下看，大的有5颗，小的有11颗，这就是说，这三年来，林子来看了我5次，红子来看了我11次。人的年纪大了，什么事都恋着自己的孩子，总想着你们能来多多看看娘，娘把你们每一次来看得多金贵，这真是娘的宝贝啊，什么时候娘走了，就让娘把这宝贝也带走吧……"

娘的话还没有说完，我和妹妹早已哭成了泪人儿一般。

父亲的爱里有片海

我从海边回到"金海岸"小屋的时候,已经是下午五点多钟。我是从海边回来的最后一拨人,其实昨天我就可以回来的,要不是为了多拍几张"海韵"图片,回去让我的还没见过海的学生们长长眼,我才不会在这海边多待一会儿呢。从前天开始,广播、电视、报纸等各媒体就发布消息,大后天将会有台风登陆。昨天就有大半游玩的人返回了市区,今天只剩下小半游人,而且所有剩下的游人都手忙脚乱地在"金海岸"小屋收拾着行李,准备马上离开。

"金海岸"小屋是个前后左右上下六面都用厚铁皮包成的小屋子,只在朝海的那面开了个小门。这也许是经历风暴者对小屋的最佳设计吧。小屋里有些简单的生活设施,可以供人们将就用着。这小屋挺有特色,前天我专门为它拍了几张特写照片呢。这小屋离海边最近,到海边游玩的人们常在这儿歇会儿脚。说它最近,其实走到海边也是要一个多小时的。

天,总是阴沉着脸,像要随时发怒似的。要不是"金海岸"的小老板响着一台收音机,这"金海岸"早就没有了一丝活力。要在旅游旺季,"金海岸"屋里屋外人山人海,比繁华的市区也毫不逊色。

"这铁板做成的金海岸也不是金海岸了,大家快收拾东西到市中心,躲进厚实的宾馆里去吧。"那小老板不停地大声叫着。

人们各顾各收着东西,少有人说话。我的东西很少,早已收拾停当。

忽然，我看见两个人，约莫是父子二人，父亲有四十岁的样子，儿子不过十来岁。父子俩一动不动，孩子无力地倚在大人身边。父亲提着个纸袋子，好像只有条毛巾和一个瓶子。可是，他们一点也不惊慌，仿佛明天就要到来的台风与他们毫无关系。

"父子俩吧？"我走过去，搭了搭腔，那父亲模样的人点了点头，算是回答。

"收拾收拾，我们一起走吧。"我是耐不住寂寞的一个人，又说。

父子俩没有吭声，四十岁的父亲对我笑了笑，却没有回答。我想他们是对我还有一种戒备心理吧。

"您说，明天真的有台风？"一会儿，倒是那父亲盯着我问。我重重地点了点头。他的脸上爬上了失望的神色。

还有一个多小时公共汽车才来接我们回市区，人们都拿出早就准备好的食物来对付早已咕咕叫的肚子。我也拿出了我的食物，一只全鸡，一袋饼干，两罐啤酒。

"一起吃吧。"我对他们两人说。

"不了。吃过了。"那父亲说，说着扬了扬他那纸袋子里的瓶子。是一瓶榨菜，吃得还有一小半。

我开始吃鸡腿，那父亲转过头去看远处的人们，儿子的喉结却开始不停地蠕动，吞着唾沫。我这才仔细地看看孩子，瘦，瘦得皮包骨头一样，偎在父亲身旁，远看倒就像是只猴子。我知道孩子肯定是饿了，撕过一只鸡腿，递给了孩子。父亲忙转过脸来对我说了声谢谢，我又递过一只鸡翅给那父亲，父亲这才不好意思地接在手里。等到儿子吃完了鸡腿，父亲又将鸡翅递给儿子。儿子没有说话，接过鸡翅往父亲嘴里送。父亲舔了下，算是吃了一口，儿子这才放心地去吃。

我忙又递给孩子父亲几块饼干，说："吃吧，不吃身体会垮掉的。"父亲这才把饼干放进嘴里，满怀感激地看着我，开口了，又问："您说，明天真的会有台风？"

"是的呀，前天开始广播、电视和报纸就在说，你不知道？"我说。

父亲不再作声了，脸上失望的阴云更浓了。

"你不想返回去了？"我问。

父亲长长地叹了一口气，说："还怎么能回去呀？"他的眼角，有几颗清泪溢出。

"怎么了？"

"孩子最喜欢海，孩子要看海呀。"他拭去了眼角的泪。生怕我看见似的。

"这有什么问题，以后还可以来的。"我安慰说。

"您不知道，"父亲对我说，"这孩子今年16岁了，看上去只有10岁吧，他就是10岁那年检查出来得了白血病的。6年了，前两年我和他妈妈还可以四处借钱为他化疗，维持孩子的生命。可是，一个乡下人，又有多大的来路呢，该借的地方都借了，再也借不到钱了，只能让孩子就这样拖着。前年，他妈妈说出去打工挣钱为他治疗，可到现在倒没有了下落。孩子就这样跟着我，我和他都知道，我们在一起的时日不会很长了。孩子就对我说，爸，我想去看看大海。父子的心是相连的。我感觉，孩子也就在这两天离开我，我卖掉了家里的最后一点东西，凑了点路费，坐火车来到这座城市，又到了这海边小屋子，眼看就能看到海，满足孩子的心愿了，可是，可是……"父亲哭了起来，低沉的声音。

"不管怎么样，还是先返回去再说吧。"我劝道。

"不，我一定要让孩子看到海。"父亲坚定地说。

接游客的汽车来了，游人们争着上了汽车。我忙着去拉父子俩。父亲口里连声说着谢谢，却紧紧搂着儿子，一动不动。但是我不得不走。我递给那父亲300元钱后，在汽车开动的刹那，我也上了汽车。因为我想也许还有一班车，他们还能坐那班车返回。到了市区，我问起司机，司机说这就是最后一班车了。我后悔起来，真该强迫父子俩上车返回的。但又想起父亲脸上的神情，我想那也是徒劳。给了300元钱，似乎心安理得了些，但那300元钱对于他们又有什么用呢？

当晚，我在宾馆的房间里坐卧不安，看着电视，我唯有祈祷：明天的风暴迟些来吧。

　　然而，水火总是无情的。第二天，风暴如期而至，听着房间外呼啸的风声，夹杂着树木的倒地声。我心里冷得厉害，总是惦着那父子俩。

　　台风过后，我要回到我的小城去上班了。回城之前，我查询到了"金海岸"小屋的电话号码，我想知道那父子俩到底怎么样了。到下午的时候，电话才接通。"金海岸"的小老板还记得我。我问起那父子，小老板说："我也是刚回到小屋，那父亲我前一会儿还看见了的。"我的心放松了些。他又说："听那父亲说，风暴来的当天，父子俩还是去了海边，幸好及时地返回了我的金海岸小屋。我的天啦，这次的海水还暴涨一点，淹没我的小屋，那他还有命吗？就在台风来的时候，那瘦瘦的孩子永远地闭上了眼睛，躺在父亲的怀里，脸上漾着幸福的笑容……"

　　我拿着电话，怔怔地站着。窗外，云淡天高，暴风雨洗礼之后的天空竟是如此的美丽！

富 有

　　爸爸带着才上小学一年级的女儿观看演出。这是一场赈灾义演，是为了帮助一个曾被洪水淹过的村子。演员们精心准备，尽兴表演着精彩节目，主持人几乎声泪俱下，恳请在场的观众伸出友爱之手。募捐志愿者拿着捐款箱，在观众席来回走动。

　　"捐多少呢？"爸爸心里想，"我每月工资还不到千元，妻子工资几百元，但得生活，还得赡养家中二老，还得负担女儿的学费，得为今后女儿上大学做准备。如果有点积蓄，家中那套家具也该换一下了，或者还想改善一下住房呢。"

　　"我捐100元吧。"爸爸似乎下了决心，右手攥着一张百元币，紧紧地。一会儿捐款箱轮到父女的面前，爸爸将钱投入捐款箱，但不是右手的百元币，而是左手的一张50元人民币。"这捐了款连姓名也不留个，就捐50元吧，就是捐了100元，谁又认识你？"他想。收回投币的手，他真有一种大善人的感觉。

　　"爸，我也捐了10元。"女儿几乎快跳起来似的说。

　　"啊？你捐了10元？那是你下星期的早餐费呢。"爸爸惊奇地说。

　　"不要紧呀，爸爸。我下周每天早餐时让小肚皮饿一会儿就行啦。"女儿很平静地说。

　　爸爸沉默了。他感觉自己的脸红到了耳根。

叫你一声"哥"

解放路派出所干警们接警后赶到天龙商城时，商城楼下已经围了黑压压的一大群人。抬头一望，24层的楼顶上隐约显现着两个小黑点——是一名抢劫犯劫持着一个人质。小黑点忽闪忽闪的，好像随时可能飘向地面。

所长刘明立即让干警们疏散人群，一面又让人去准备海绵垫和尼龙网，说万一跳下时或许能起到作用。刘明带着派出所里能说会道的小诸葛曾行上楼去，准备做劫匪释放人质的思想工作。赶到楼顶时，楼顶上已经有三两个热心的群众远远地在对着劫匪喊话。见有警察来了，他们立即将了解的情况说了出来："劫匪叫张平虎，进入20楼一户人家行窃时被刚好回家的父女俩撞见，他一刀刺中那父亲的胸口，那父亲倒下了。二十多岁的女儿往外跑，正想报警，被劫匪追上当作了人质……"

刘所长正想走近劫匪喊话，不料对方大声嚷起来："不要走近，再走近我就一刀杀了她。"说着用胳膊把那女子勒得更紧了。女孩浑身是汗，像一只无助的羊羔。刘明只得停住脚步，他知道这时候得稳住劫匪。

"张平虎，放下手中的刀吧。我们会从宽处理你的。"刘明说。

"你别骗我。三年前，我的老婆就被人骗着卖了，我东挪西借了一万多元钱去找她，人没找着，在公共汽车上，钱也让人给掏走了。为了生活，我只有偷和抢……今天我又杀了人，我不想活了。"劫匪说，满脸的怒气。

"你的问题我们来慢慢为你解决。"小诸葛曾行发话了,"这样,你放了这人质,我来做人质,我跟你走,行吧?"

"不,你是想利用这个机会来抓捕我吧。我再说一遍,你们再靠近,我就拉着她一块往下跳。你们快点向后退。"劫匪说着,把胳膊又紧了紧。

所长见劫匪越来越凶,忙对曾行说:"我们还是退吧,在暗地里牵制他。"

"快退,退到我不能看到的地方!"劫匪又说。

刘明朝楼下望了望,他在看楼下的尼龙网和海绵垫准备好没有。如果真和劫匪达不成协议,只能硬拼了。万一硬拼时劫匪带着人质跳楼,或许因为有尼龙网和海绵垫会起点作用。

才过了5分钟。

女人质已经站在刘所长面前,劫匪举着双手在后头。一双手铐戴上了他的双手。

干警们带走了劫匪。

疑惑不解的刘明所长拉过那女孩问:"你怎么脱险的?"

"我只是说了一句话,他就放了我,"女孩说,"我说,哥,你的胳膊把我弄疼了。"

我爱飘飘

大四的时候，我和晓晴谈着朋友。读大学时，谈朋友是件很理所当然的事，没有谈朋友的人才让人匪夷所思。我哥们儿然子、达达从大一就开始和女孩子拍拖，到大四时，他们都换了好几个女友了。可是在咱班上，偏偏有个让人匪夷所思的人，这人偏偏还是个女孩，她就是飘飘。从大一到大四，她从来没有谈过朋友。她长得并不太"恐龙"，说话时还会露出两个漂亮的小酒窝。但她说话的时候并不多，相当的沉默寡言。不爱说话的原因不少，男生暗地里揣摩过，最后总结的原因就是她右脸颊上长了粒豆大的痣，就是那种滴泪痣。

"滴泪痣，不好哩，听老人们说，男人长了滴泪痣还好，女人要是长了滴泪痣呀，就克男人，克她的父亲，也克她的丈夫或者儿子。"达达不知从哪儿知道就这点外门邪着的迷信说法，炫耀地说。

我们不再往下说了，因为我们知道飘飘的父亲确实在她10岁那年去世了。在大三的时候，和飘飘同桌的然子给飘飘写过一首情诗，很直露的那种，没有一点含蓄性。我仍然记得其中的两句：我的飘／快点／飘过来／飘到／我无垠的天空。但据说也是没有了下文。然子向我们说到这事的时候，我直埋怨然子没请我为他写一首抒情点、含蓄点的，不然就又多了一对美好的情侣了。

但飘飘确实没有谈恋爱。

更重要的是，2月14日就要到了。这是属于我们大学毕业前的最后一个情人节。那些情意绵绵的哥们、姐们儿早就从上星期开始准备礼物，安排活动了。

然子准备带女朋友娟子去蹦迪，然后去"紫色偶然"喝咖啡，达达说，想和他的格格在操场秋千上坐一晚。

"你准备怎么安排我们呢？"2月14日上午，晓晴侧过脸问我。

我低下了头，说："还没想好呢？"我的话没说完，晓晴早已跑得远远了。我知道晓晴今天直到下午她都是不会找我的了，这是她的个性。当然，晚上我们会在网上相见。

直到傍晚6点半，晓晴果然没来找我，我在校园里到处找她，也没找着，打她手机却总是关机。其实，这是我早就预料到了的。

"林子，林子，你说今天咱班中文系哪个最幸福？"达达气喘吁吁地跑过来对我说。

"不知道！"我故作好奇地回答。我知道他想要告诉我什么。

"是飘飘，是飘飘，今天飘飘最幸福！你不知道呀，咱班里，教学楼前，男生公寓门前，女生公寓门前，都贴满了'我爱飘飘'的字条。"达达大声地说。"也不知是谁这么大胆，这么海量地爱飘飘？"我又笑着问。

"我看到落款是游泳的猪，还约好晚8点网上对白哩。"达达笑嘻嘻地说着，走开找他的格格去了。

晚8点，我准时打开电脑，上了QQ，申请了网名"游泳的猪"。然后，QQ上加了飘飘（我听达达说飘飘的网名就是真名），同时也加上了我心爱的晓晴，网名"爱你一生"。

晓晴向我诉说着委屈，我说，情人节聊天不更有情调吗？她又问我："你怎么成了'游泳的猪'了？"我说，给你点新奇不好吗？她笑了。

同时，我也和飘飘聊天，谈人生，谈文学，谈她脸上的滴泪痣……凌晨的时候，我们一起下线。"谢谢你，游泳的猪，我不知道你是谁，但是我要谢谢你，陪我度过了大学的最后一个却是我生命的第一个情人节之夜！我很快乐！"飘飘说。

第二天，晓晴看到了教室里还没撕掉的"我爱飘飘"的纸条，这才知道中了我昨天早就设计好的圈套。她用粉拳不停地敲打着我，我连忙制止她，别让她泄了这个密。

接下来的几个月，我总是用"游泳的猪"和飘飘聊天。她在明处，我在暗处，聊着聊着也真有意思的。不知不觉到了毕业的季节。晓晴去南方的一座小城上班，我送她上车走了。我那时还在做着一份家教，得还多逗留几天。等到我提着行李箱回家时，才感觉哥们、姐们儿早已走光了。坐在车上，孤独、留恋之情油然而生，一阵心酸的感觉涌上心头。就在汽车开动的一刹那，一个熟悉的身影跑近了，是飘飘。

"谢谢你，游泳的猪，你给了我自信，给了我一份纯净的情感！这几天，我就等着送你回家后，我再回去。"飘飘在车下拉住我的手说。

我一惊，原来她早就知道了，或许就是从那天的笔迹看出来的吧。汽车开动起来，我的泪夺眶而出。我没有回过头再看飘飘，因为我在心里已经看到她泪流满面挥手的样子。

传递一束鲜花

那时候,我和妻子年龄还不大,女儿小菡也不过三岁,刚上幼儿园。我们没有积蓄,和很多结婚不久的夫妻一样,也就没有自己的住房。我所工作的学校,福利房不多,想要分到学校的福利房,我们是没有资格的。

好不容易,有教师调出学校,学校就空出了间房,工会干部就通知我说:"大好事哩,你能搬进学校去住了。"我们一家三口确实高兴了一阵,就忙着拿了钥匙去开门清理房间。因为人家搬走了,房间里大多是一片狼藉。这种房间不大,也不过三四十平方米,大多让青年教师居住。开了房门,我们并没有看到狼藉的场面,倒觉得很是干净。妻啧啧称赞说那搬走的老师有品质,能在他住过的房子里住算是幸福哩。她又里里外外看了看,一会儿,她叫道:"你们来看,这面墙他怎么还没清理哩,有一点脏乱。"我和女儿小菡忙跟了进去,这是一间小房,大概是小孩子住的房间了。迎面的那扇墙上,贴着大大小小的红花,有的颜色很是鲜红,有的几乎褪成了白色。

妻和小菡在默默地数着有多少朵小红花。"有124朵哩!"小菡跳着叫道。

"谁家的小孩子,真是优秀,能得这么多的红花!"妻感叹地说。

我走近细细地看了看,好多的红花上是有姓名的。有王小亮,有李梅妍,有张镇。原来这些小红花不是一个小孩子的。最早的王小亮小朋友有21朵，然后李梅妍小朋友有48朵，剩下的全是张镇小朋友的了，他的最多。

"住了三户人家了，怎么都没清理干净啊？"妻说。她准备拿工具来清理这面墙。

我笑了笑说："你说这面墙有必要清理干净吗？"

妻恍然大悟似的，牵过小菡，问道："小菡哪，我们三个人搬进来了，你住哪间房啊？"小菡想也没想，说："我就住这间，这间红花多，我要得红花，比他们还多。"

我和妻都笑了。我在心里感激着以前住过的三家人，看着那面墙上的小红花，我觉得就是一束最鲜艳的花，是他们，又将这束鲜花传递给了我们。

女儿小菡住进了小房间，小菡的红花接连不断地贴了上来。等到她上小学的时候，居然又贴上了七十多朵最鲜亮的小红花。然后，她以优秀的品德和优异的成绩升入中学。

后来因为我的工作调动，我们又搬了家。搬家的时候，我们将房间打扫得干干净净。那面贴满小红花的墙，妻和女儿将它整理得更加美观。

因为，我们觉得，我们在传递着一束鲜花。

悠悠花儿香

　　小城坐落在蜿蜒如龙的江堤边，如婴儿般睡在母亲温暖的臂弯里。就在江堤上，小城西角，有两户人家。就只有两户人家，南边的一户姓刘，北边的一户姓李。

　　北边的李家户主李天成，得过小儿麻痹症，腿脚有点不方便，三十多岁才娶了老婆金花。结婚了，读过高中的李天成没啥赚钱的手艺，倒是看了些书，然后和老婆养起了花。养花，也卖花。李天成还有培植新品种，据说，他已培植了几种新兰花品种，特值钱哩。这不，小小的院子，摆满了大大小小的花钵。喜阴的花儿靠近房檐，爱阳光的花儿当然放在外边一点。春天的时候，小院里就更热闹了，蜂飞蝶舞，开大会一般，五颜六色。花儿们也比赛似的一个个张开了笑脸。哪只是春天，就是一年四季，小院都弥漫着诱人的清香。

　　可是，诱人的清香似乎进不了南边刘家小院主人刘大兵的鼻孔。他照样懒得理会这花草以及花草的主人，他侍弄着身边的一条狗，杂交的牧羊犬，花了三千多元买来的。他还在为上个月的一件事心中愤愤不平。女儿妮妮和李天成的儿子卫卫都不过七八岁，读小学三年级，同班。妮妮喜欢花，卫卫就搬了盆花过来，说送过来给妮妮看看。末了，卫卫准备将花搬回去时，刘家的狗以为卫卫是拿走刘家的东西，狂吼了一声，吓得卫卫拔腿就跑，摔了一跤，给摔伤了。还送进医院缝了两针，娟子过去赔礼，也想赔点医药费，不想李家女主人金花却嚷开了："好心得不到好报，给送花去倒被你家狗吓了，什么东西不好养，偏偏养狗。"

老婆娟子也不示弱，听出金花话里有话，也就回了几句不大好听的话。两家的男人都出来了，都不说话，铁青着脸，好像还有一股攥紧了拳头的架势。

从此，两家的男女主人都和对方不再搭腔，见了面也像陌路人似的。他们也告诫着自家的孩子："不准到隔壁去，老老实实待在家。"

狗毕竟是狗啊，我们刘家又有什么错？刘大兵在心里嘀咕着。一个多月了，两家人从没搭过腔，见了面，都是青紫着脸。

刘大兵当过三年兵，退伍后回到这座小城，家里兄弟四人，老房子住不下，做老大的便主动搬到这江堤边，东拉西扯，好不容易盖好这房子，然后有了妻子娟子，再有了女儿妮妮。刘大兵当初搬这儿时，李天成一家是不欢迎的，也许是他一家养花喜爱清静的缘故。但有一点是可以肯定的，他家不喜欢刘大兵养狗，可刘大兵真是喜欢养狗，特别喜欢养那种杂交的牧羊犬，宁可自己没有吃的，也得让狗先吃。不想那些狗也爱花，因此偶尔的几次践踏过李家的花圃，李家人很不高兴，刘大兵也忙不迭地赔着不是。两家的关系也有些紧张。

这会儿，娟子在屋里忙着做饭，一会儿，他们家的宝贝女儿妮妮就要放学回家了。

"我们的祖国是花园，花园的花朵真鲜艳……"妮妮和卫卫照样唱着歌儿结伴回来了。学校离家很近，是不用去接孩子的。

"李伯伯，你家的花儿今天格外香哩。"妮妮回家，和往常一样与李天成搭腔，李天成一会儿才反应过来，说："香，香，是香。"

"刘叔叔，你家的狗我不怕了，我胆儿大了许多哩。"卫卫也和刘大兵说话。过了好一会儿，刘大兵才回过神来，说："胆儿大点就好，胆儿大点就好。"

孩子们各回到自己的家，开始做着老师布置的作业。"爸，这是我用'和睦'这个词造的句子，你给看看。"卫卫拉着李天成说。

"我们一家人和睦相处。好，好啊。"李天成说。

"爸，我想送妮妮一盆兰花，好不好？"儿子说。

李天成想了想，点了点头，儿子的要求他向来都是满足的。儿子雀跃地跑向花圃，搬起一钵兰花就朝刘家跑去，大老远就喊：

"妮妮，我爸同意我送你一钵兰花啦，快来呀，我给搬过来了……"

妮妮赶忙应了一声，跑出来，拉着卫卫的手说："谢谢卫卫，李伯伯真好！我要让李伯伯看看我用'和睦'造的句子。"

妮妮拿着作业本，跑过来递给李天成。李天成一惊，因为妮妮造的句子是：李伯伯一家和我们一家和睦相处。

"句子造得真好。"李天成摸着妮妮的头说。他看了看自己的花圃，搬走了一钵二月兰，那是自己最喜欢的一钵花。

"天成兄弟啊，谢谢你的兰花。这个周末，我做东，咱两家人上餐馆好好撮一顿。"不知什么时候，刘大兵站在了李天成身边。旁边那条杂交牧羊犬，正对着李天成殷勤地摆着尾巴。

不远处，刘家院子那钵兰花，正绽放着它的生命，散发着它的芳香，满院子的香。

茅台的味道

又是两瓶茅台，显眼地立在客厅茶几上。

是村里张会计刚提上门来的。赵林认识。赵林刚读初二。赵林知道张会计是来找赵河村书记——赵林他爸——赵大头的。张会计明年不想做会计了，想做村里的主任，哪怕是个副主任也行。和赵书记说了几句话，张会计就出门去，赵书记也回到房里了。赵林对着茅台酒发愣一样看着，似乎在回味昨天喝茅台那味儿。昨天刚放寒假，赵林带来了三个同学，一进门就看到茶几上的两瓶茅台酒，见家里没人，四人一起上，就着橱柜里的一点菜，哧——几口就把两瓶酒都解决了，那味儿可真是爽呀，比得了第一名还爽。喝完了，那仨同学一拍屁股走人，赵林得想法子来收拾残局呀。中学生喝酒不说，还偷喝的是家里的茅台酒。他倒也急中生智，往两空瓶中灌进了满满的两瓶水，盖上了盖，装进了盒。不过，这盒子拆封时扯坏了一点，细心的赵林用透明胶给粘牢了，就成了两瓶真茅台酒了，赵林心里说。

拿起酒瓶，不看不打紧，一看，赵林发觉这两瓶酒就是昨天喝过的两瓶。因为他贴的透明胶还认认真真地发挥着粘牢的作用。他刚想告诉爸妈，可他哪敢说呀，昨天喝过酒后怕被发现，在被子里捂了半天才平安无事呢。

"林子，发什么呆呀，把酒拿到村口你爷爷的小卖店去卖。"赵林的妈妈进来吩咐道。

"可是，能再买吗？"赵林怀疑地说。

"你别管，你拿去就是了。"

赵林噢了一声，就把酒提到了村口爷爷的小卖店。

才过一天，又是两瓶茅台酒，仍然立在那客厅茶几上。提酒的人是村里的泥瓦匠刘云。刘云找赵书记有事："您考虑考虑，能否把维修学校的活儿包给我？"一会儿刘云出门，赵林妈又吩咐他把酒提到爷爷的小卖店，赵林一看，还是那两瓶酒。

紧接着的几天，赵林几乎每天都要忙着把茅台酒提到爷爷的小卖店。因为，快过年了，不少人忙着为赵河村最大的官儿有目的地拜年哩。

大年三十，年夜饭桌上，赵林妈提出了那两瓶茅台酒，说："过年了，拆开这两瓶茅台，大家都来尝尝。"说着给每人都倒上了一杯。

"好喝，茅台酒就是好喝！"赵书记抿了一口说道，"林子，你也喝呀。"

爷爷也喝了一口，拿出200元压岁钱给赵林说："今年小卖店的生意好呀，光茅台就卖了三千多哩。"

赵林没有接爷爷的钱，想说什么又咽了下去，也没有端起酒杯，只是端起饭碗，不停地往嘴里扒着饭，一声不响地。

爱的方向

大学毕业后,我分配在县城工作,离乡下老家有七八十里路。乡下住着我的母亲,我想着母亲的时候,就花上一个多小时坐公共汽车回老家。母亲六十多岁了,还能下田做些体力活儿。我曾经将母亲接到我这里生活,才住上三天,母亲说不习惯,慌着让我送回去了。

母亲在乡下除了下地做事,还得照看我的侄子小然——小弟和弟媳都外出打工去了,将6岁的儿子留在了家里。我们觉得这给母亲增加了负担,母亲却笑了,"有个小孙子在家,日子还滋润得多哩。"想想也是。为了联系方便一些,我给母亲装了部电话。我们将手机号码也写在了母亲房间的墙壁上。常常,我们和小弟就打上个电话和母亲聊聊天。偶尔,我6岁的侄子也帮着母亲按号码,接通电话后,母亲和我们讲一番话。

去年暑假一到,6岁的侄子小然就嚷着要去他爸妈那儿,母亲便让我将小然先送到省城,然后空中"托运"。很顺利地将侄子送上飞机后,我坐上了回县城的车。路上雨下得很大,能见度很差,我先后看到发生了三起客车相撞事故。我们的车开得很慢,晚上11点多才回到县城。我拿出手机准备给母亲报个平安,一看,手机没电了。换了块电池,才开机,母亲的电话打了过来:"雨下得大,你应该平安回家了吧。"

我忙着回答:"是的,我平安到家,空中'托运'也办得顺利。"

"好就好,我放心了。"母亲说。

我一惊，母亲不是不识字吗？她怎么拨对了号码啊？我便忙着问母亲："您该不是请人在拨电话号码吧？"

"深更半夜的了，到哪里请人哪？"母亲似乎高兴得很，"我呀，是小然拨号码时，我记住了你的手机号码的11个数字的顺序和电话机键盘上的位置……"

我一怔，拿着手机的手停在了半空。

即使是一串数字的电话号码啊，也有爱的方向。

奶　奶

　　我对奶奶有点烦。

　　其实，我并不是不喜欢奶奶。小时候的我真可算得上奶奶衔在嘴里担心化掉的一块宝，她什么都依着我。我开始对奶奶厌烦的原因就是因为她喜欢到处乱跑。六十多岁的老人了，不在家清静清静，倒喜欢往人多的地方钻。好几次。我陪她上街，一晃她老人家就不知溜到哪儿去了，我到处找不着。一次在人民大广场，居然动了巡警才找着。上周二，我没时间陪她，她出去后人没弄丢，可是却弄丢了3000元钱，说是做慈善事业，捐给了一个"北大荒"爱心组织。后来，我去问过好多人，人家说没有这个组织的，你奶奶让人给骗了。

　　更让人烦心的，奶奶不只是在我们这座小城打转，还喜欢隔三差五地往邻近的临水市跑。但她每次当天去当天回，一次也没弄丢。我们一家人常在想，在临水市我们是半个亲戚也没有的啊。难道奶奶有个婚外恋？不可能，奶奶和爷爷的感情一直很好。只不过爷爷不爱跑，只爱看古典小说，懒得管奶奶这事罢了。当然，只有我这个刚参加工作的孙子来管管了。

　　昨天，奶奶又要去临水市，说去散散心。我刚好休息，就说陪奶奶一起去。奶奶也没有反对。到了临水市，奶奶轻车熟路地照样往人家大广场跑。大广场人多热闹啊。我第一次到临水，满眼里也充满着好奇。广场东头有许多卖小吃的流动商贩，西边有义务献血车停着，南边时不时也有些广告商发布着不同的广告，北面像有个民间组织在进行着什么活动。

"往北面去！"奶奶拿定主意说。我紧跟了上来，原来是"北大荒健身联谊会"在做自我宣传，每过一会儿就有老头老太太扭着秧歌出来表演。

"奶奶，您上次捐款是捐给了他们吗？"我猜想奶奶是在寻找上周二骗去的3000元钱，问道。

奶奶整了整衣服说："孩子，奶奶上周的3000元钱是捐给了北大荒爱心组织，没有被骗哪。奶奶怎么会被骗呢？"我这才想起，奶奶当年是去过北大荒的知青。难怪呀！奶奶是在寻找自己的北大荒情结。

一会儿，宣传台上一个老头走了出来，拿起话筒就唱《乌苏里船歌》："乌苏里江来长又长……"我觉得没什么意思，正想将奶奶拉开，却见奶奶又整了整衣服，还理了理头发，神色凝重地看着台上，两耳凝神听着，生怕漏走了一个音符。我终于明白奶奶为什么喜欢往临水市跑了，原来就是为了听听这北大荒的歌啊。

老头歌一唱完，奶奶的脸上露出了会心的微笑，口里不由自主地呢喃着："一点没变哪，声音还是那样宽广洪亮，只是人苍老了一些……"

"奶奶呀，你真是个北大荒迷，人家苍老是人家的事啊。"我说。

"奶奶就是北大荒迷，这歌唱得真好，你替奶奶去问问那老头的姓名。"我极不情愿地走过去，问了问工作人员。刚走回来，奶奶就急切地问："那老头姓魏吧？"我点了点头，我这才发现，奶奶眼眶湿润了。

我还想着陪奶奶多看一会儿节目，奶奶拉过我的手："孩子，我们回家去吧。"

可为什么又急着回去呢？回到家后，我就急着问爷爷，爷爷说："孩子，你现在有初恋吗？那魏老头当年和奶奶一起去北大荒，分在一个连队，他是你奶奶的初恋情人哩……"

我还没有初恋。我只知道，奶奶以后极少外出凑热闹，倒是喜欢和爷爷在一块看古典小说。

奶奶再没有去过临水市，一次也没有。

雪白，血红

清晨，男人是被女人一阵推搡后才醒的。男人好像还是一副醉态。

哎，问你，为啥雪白的衬衫上有个血红的唇印？女人问男人，不温不火地。

男人一惊，从床上弹起，坐在床边，说，哪儿呀？你拿给我看看。

女人就拿过昨晚从男人身上脱下的衬衫，递给男人。衬衫是男人生日的那天女人给买的，雪白雪白，十分透亮。雪白的衬衫领口上，赫然印着一个血红血红的唇印，好像一朵花，煞是好看。

男人懵了。男人也不知道什么时候这血红的唇印印在了雪白的衬衫领口。昨天晚上公司同事聚会，男男女女，杯来盏去，酒喝得也多。

是公司哪个女同事跟我开了个玩笑吧。男人说，声音低低地。

人家会跟你开玩笑？怕是你故意让哪个女人给印上去的。女人的声音提高了八度。你是在和我开玩笑吧。

男人不再说话。男人长得高大俊朗，在公司是个活跃的人，也常常少不了些应酬。

这下让我抓住尾巴了，你必须给我说清楚。女人振振有词。

你爱怎么想就怎么想。男人丢下了一句话，换了件衬衫，上班去了。

女人号啕大哭。

男人上班，女人尾随。女人发现，果然，男人上班时会和女同事逗笑。

男人加班，女人来接。居然，和一个女同事在一块，还好，他们各自打印着自己的文件。

男人外出应酬，女人跟踪。她大有收获，她看见男人和一个女人频频举杯。

女人还看见，男人和另一个女人坐着一辆豪华车进了市里的五星级宾馆。

女人一路哭着跑回了家。

在家里，女人拿着那件印有血红唇印的雪白衬衫，更加伤心。她想起和男人曾经的美好，和男人一起逛街，一起吃宵夜，一起洗澡，一起睡觉……

女人牙一咬：必须和男人离婚。

男人拿着支笔，轻快地在离婚协议上签了字，很轻松的样子。房子留给了女人，男人什么东西也没有带走。

鬼使神差一般，女人还在关注着男人。男人仍然和女同事一起调笑，仍然单独和女同事一起加班，仍然中意和女人喝酒，仍然和女人去五星级宾馆。

女人也知道了，男人是公司的业务经理，陪女客户喝酒是常事，替女客户去五星级宾馆开房间也是理所当然的事。

女人想起了那件男人还没有带走的衬衫。她拿过口红，仔细地描摹着自己的双唇。然后，对着衬衫雪白的领口，软软迎了上去。一朵血红的花样唇形现了出来，和先前的那朵血红的花几近全等。

女人大哭不已。找来清洗剂，拼命地搓洗那血红的花。

但，怎么洗也洗不干净了。

泪，渗进了女人的心底。

拨错一个号码

女人很年轻，刚刚结婚，有心爱的爱人。夫妻二人很是幸福。有些不大好的是，年轻的女人和年轻的男人两地分居，分开在相邻的两个小城，一个月也只能见上三四次面。不过有了手机，就方便多了，随时随地可以发个消息，问候问候，这样消除了不少寂寞和相思之苦。

女人很喜欢给男人发消息，一天有时高达几十条，说这才是真正的情感交流。相思在手指上流淌，这是多么惬意的事啊。这天晚上10点多，女人下班了，想着给男人发条消息，几秒钟就编辑好了：亲爱的林，你睡觉了吗？记得盖好被子啊。想你的琴。于是就发了过去。偏偏，女人按键时手快了一点，将男人的号码的末位9按成了6。当然，女人立马将消息正确地发给了男人。不一会儿，收到男人回复的消息的同时，电话也同时响了起来。女人一看号码，是个陌生人的，不过也不算是陌生，就是刚才发错消息的那号码。女人想了想，觉得不接还是好一点，毕竟这个社会让女人上当的时候太多了。一会儿又打来，女人又摁断了。10分钟后又打来了，女人干脆关掉了手机，安心地上床睡觉了。

第二天清早，女人才打开手机，短消息就进来了，有10多条，全是那末位数是6的手机发过来的。女人看了几条，那消息有什么"千里缘分一线牵"，"相信你我会是最好的朋友"，"我感觉你一定是个非常不错的女孩子"等等。看过了，女人就删去了。女人有自己最爱的男人哪。上午上班的时候，手机又响了，还是那个号码。女人怕影响人家上班，也想知道对方到底是个什么样的人物，于是就接通了电话。电话那头，是个男人的声音："真的对不起，打扰你了。"说话很有礼貌。

"没什么啊，倒是我先打扰你的。"女人也很客气地说。

"其实也没什么的，就是随便聊聊也好啊。"男人说，"你是琴吧，你有一个心爱的人叫林，我也叫林哩。"

"对不起，我在上班。"女人拒绝说。说完挂了电话。

晚上刚下班，女人手机的短消息就来了。还是那个号码：你的声音好甜哪，比杨钰莹还甜。女人想了想，还是回了条消息：我很丑，没有什么好让你欣赏的。对方马上就回过来消息：说自己丑的女人一定是个漂亮的女人，你一定很漂亮！

女人觉得这男人还真有点意思了。谁都知道最丑的女人都希望别人说她漂亮的。男人再发来消息时，女人就偶尔地回上一条。不过她是不接男人的电话的。

这样过了一个星期，这天，女人正在上班，手机又收到一条消息，女人一看，是个真正的陌生号码。消息只有几个字：你是谁？

女人想，这会是谁呢？就不去理会了。一会儿，电话响了，就是刚才发消息的那号码。女人想了想，还是接了电话。出人意料的是，电话里头是个女人的声音："我叫大珍，你是琴吧，我想和你出来坐一坐。""为什么啊？"女人问。

"为什么？你的心中真的没有数吗？"叫大珍的女人反问，"你说说，你和我家的林来往有多长时间了？他给了你多少钱了？"

"什么你家的林哪，我真的不知道。"女人说，一头雾水。

"我问你，为什么我家的林在一个晚上10点多了还能给你打三个电话？"大珍问。

女人这才想起那短消息的事，忙说："哦，那是我发个消息发错了。"

"为什么没有人发错短消息给我啊？"

"那只能你去问你的林好了,我说不清楚了。"女人说。

叫大珍的女人顿了一下,又说:"我其实在电信局找人查过你的这个号码,我知道你是谁。你就说了吧,你和他交往了多长时间?我也并不计较的。"

"我没什么好说的。"女人说完就挂了电话。一会儿,女人收到了大珍发过来的消息:为了得到林,我要和你竞争!

女人想,这真是无聊了,摁错一个号码的短信,居然闹出这样的故事来。女人越想越生气,于是给那个叫大珍的发了条消息:我在一个月前就和林好了,他已给了我三万多元钱了,我们还准备生一个小孩呢。

发完消息,女人扔掉了这张电话卡,换了一张电话卡,又给另一座城的男人发了消息:这是我的新号码。我很想你!女人飞快地摁着手机键,信息发了出去,女人发觉,那个末位数9又错发成了8。

女人心里一惊,我的天哪,该不会又有什么故事吧?

沉重的窗户纸

初冬的凉意刚刚爬上人的脸，人们却早早地套上了冬装。不只是人，就是办公室的玻璃窗，也像怕冷似的糊上了一层纸——或是一张平常的晚报，或是一张漂亮的明星海报，反正十来平方米的办公室被糊了个严严实实。有领导到各办公室去调查原因，职工们都说天太冷了，糊层纸会热乎些，要不领导您给我们都装台空调呀。安装空调是不可能的，单位有那么多个办公室，甭说买空调，就是有了空调，使用时耗电也是不小的开支哩，领导只好不再说什么。

其实，给办公室糊上一层纸，并不真是为了身体上的暖和，人们是为了心理上的暖和。——可以做点属于自己的私事，比如随意地聊天，比如看小说，比如织毛衣，比如嗑瓜子……

偏偏，有一个办公室的窗玻璃没有糊上报纸，这办公室里边就两人，大刘和小芳。大刘是个三十多岁的大男人，小芳是个二十多岁的姑娘。大刘结婚快十年了，小芳去年结了婚。两人都只是小科员，两人面对面坐着，守着这办公室快两年了。面对其他办公室糊上报纸的巨大变化，他俩像没看见似的。一上班各做着各自的事。其实上班的事儿也并不多，每天一做完那丁点事后，大刘和小芳便开始天南海北地聊起来，自由自在，直到下班的时候。

但就有一天，小芳来上班时，发现靠大刘一边的窗户给让一张晚报糊住了。上班时，大刘便带了本厚厚的武侠小说，聚精会神地看起来。小芳一想，是呀，大刘可以看武侠小说，我怎么不能做点其他什么事呢，说给老公织件毛衣的，在家里织了快一年都没有织好，这下不就有织毛衣的时间了？小芳拿过一张前天买的"超级女生"海报，立马将窗户糊了个密不透风，心想，明天就可以将没有织完的毛衣带来了。窗户给糊严实了，大刘安心地看着武侠小说，小芳静静地织着毛衣。这几天，风有时真还是有点猛。咣当一声，将大刘和小芳的办公室门给关上了。大刘看武侠入迷，小芳织毛衣正带劲儿，都懒得去管。谁知，一会儿传来了敲门声，两人眼神交流了一分钟，还是大刘起身打开了门。敲门的是隔壁办公室大张，他是来送份通知的。大刘开门的刹那，大张迅速丢下了通知，口里说着"对不起"，慌忙地离开了。

咋了，你脸怎么涨得有点红。小芳问大刘。大刘没有回答，拿了本书，挡在了门口，以免门又被风给关上。

下班的时候，大刘、小芳在前边走，后边同事中不知是谁叫道：有个人真幸福啊，回家中幸福，上班时也幸福。紧接着是一阵怪怪的大笑声。

第二天，小芳正准备开始织毛衣时，看见了窗户玻璃露出了条长长的缝隙。她便拿出胶水给糊上了。

第三天，窗户上露出的空间更大了。小芳开始疑心办公室是不是有爱吃胶水、爱啃报纸的老鼠，或者有外人进了这办公室。她忙用胶水粘上后，又用透明胶再粘，这下更牢固了。小芳做这事的时候，大刘也就站在旁边，可他像没看见似的。小芳觉得不知怎么，大刘这几天话语是少多了，和他聊天也很不自在的样子。第四天，大刘当着小芳的面取下了那张糊玻璃的晚报。快下班的时候，小芳也像明白了点什么，取下了那张"超级女生"。下班的路上，又传出了几句议论声。瞧，人家撕下窗户纸了吧，看你们还说什么？

我们哪，是借糊严实了窗户才热乎点，人家靠的是一颗心在取暖哩……

又上班的时候，大刘在办公室，小芳就不进来，到隔壁办公室去坐一坐；小芳在办公室时，大刘也就出去走走，有一天竟借故上了十多次卫生间。

　　过了几天，有人看见大刘进了领导办公室，说要求换个办公室。领导说，小芳昨天也说要求换个办公室，你们俩闹矛盾了，是不？难怪前几天我看到就只有你们办公室没糊上窗户纸，唉呀，你们就是不会处理同事间的关系……

男人、女人和贼

　　防盗门是开着的,贼不用像往常一样撬开门后鬼鬼祟祟地溜进去。贼进门后,放慢了脚步,轻手轻脚地在客厅里挪动。里面房间的灯亮着,房门虚掩着。肯定有人,快撤吧。贼的脑子里闪过一个念头。但是,贼已经两天粒米没进了,怎么又能无功而返呢?要不,也不会这么大胆地走进来而要去撬那些家里没人的房门了。贼隐在客厅立式空调机后观察着动静。

　　"和你离婚!"是一个男人沉重的声音,声音里充满着愤怒。

　　"离婚就离婚!我还求你不成?"一个女人在喊。

　　……

　　接着传出了噼里啪啦的声音,像是拳头耳光的声音,也夹杂着摔东西的声音。一会儿又传出了女人的哭声,低低地。贼正想着如何下手,忽然,一只小包,一只精致的黑色小包被人无情地扔在了虚掩的门下。

　　好机会!贼轻轻地用小指一钩,那黑色小包便魔术一样到了贼的手中。贼欣喜不已,急忙退出了客厅,一路小跑着回到了自己的简陋租住地。精致小包里,肯定有值钱的东西。贼心里美滋滋的。就着昏暗的灯光,贼麻利地拉开了小包的拉链,抖出了小包里所有的东西。

　　除了些纸张照片,什么也没有!望着地上的一小堆物品,失望的神色爬满了贼的脸。空空的肚子还在耐心地叫着,贼于是又仔细将物品拨弄了一番,居然发现了一枚小戒指,挺小的,比当年自己送给老婆的那枚还要小，成色也像不纯，但也能换成两顿饭的，贼心里说。贼叹了一口气，拿起了照片，照片上的男人和女人幸福地笑着，男人和自己长得差不多吧，女人比自己老婆要漂亮。放下照片，他随意地拾起了一张纸片，纸片上写着几行字：

> 翻开相册
> 就看到你的样子
> 我的心
> 是一片云
> 用我的一生
> 飘在你的天空……

贼知道这是叫做情诗的东西，他知道这不是一个女人写给男人的，就是一个男人写给女人的。贼又拾起几张纸片，这是情书，当年贼也对老婆写过，但肯定没有这写得好。贼来了兴趣，小声地念着，快要把纸片看完时，已是晚上12点多了。贼懂了，贼也憷了，贼的肚子也不再叫了。贼想起了男人和女人的吵架声，贼就知道自己做错了件事。

贼认真地整理好小包，那能换两顿饭的小戒指贼也没留下，原封不动地放进了包里。贼又轻轻地潜回了男人和女人的住处，灯还亮着。防盗门和里边房门都关得严严实实的。没有再听见女人的哭声，贼在门外只闻到了刺鼻的烟味。肯定是男人在接连不断地抽烟，贼猜想。贼想把小包就放在防盗门边，但又转念一想，让不怀好意的人拿走了怎么办？那自己不是白忙活了？撬开防盗门放进去吧，要是让男人或者路过这儿的人将俺抓住了咋办？俺这会儿是送东西的人，不是贼呀……

当，当当，贼一不做二不休敲起了门，先还有点胆怯，接着倒理直气壮了。

开门的是男人，身后跟着女人。

"在你门口捡到个小包，是你们家的吧？"贼说着把小包从门缝里递给男人，头也不回地走开了。

男人和女人打开了黑色小包，抖出了物品，一件一件地翻看着，什么也没少。一会儿，男人拿起一封信读了起来，那是和女人初恋时女人写的一封信。女人也拿起了男人的一张照片，仔细地看着，那是和男人刚认识的一张照片，照片上的男人真是英俊呀。看着看着，女人又哭了，男人也流下了眼泪。男人望着女人，女人看着男人，男人将女人轻轻地拥进了怀抱。

第二天上午，隔壁张三一遇见男人和女人就问："咋了，你们家昨晚是不是闹贼了？你们也像吵着要离婚？"

"没有没有，真的没有。"男人和女人急忙说道。说完，男人将女人拥得更紧，一齐开心地笑了。

让我吹吹你的眼

男人和女人在一个办公室上班。

办公室不只是他俩的办公室,还有五六个人。平时上班,大家没有啥事的时候,你说个笑话,他讲个荤段子,都会笑个几分钟,办公室里的空气也会快活起来。男人、女人,还有其他的五六个人,都是要好的同事关系,谁和谁之间都没有那如纸一般薄的心墙。

男人这一天中午在家和老婆为菜的咸淡闹了点小矛盾,早早地来到了办公室,拿张晚报细细地搜寻着什么。唰——女人飞般地跑进了办公室。进了办公室的女人,东瞧瞧,西望望,自言自语地说:咋就你一人呀?一个女同胞也没有。

怕我吃了你呀?男人说。

快,快。女人说。帮我看看左眼睛,有个蚊子飞进去了,我刚才就想找个女同胞来看的。

男人丢下报纸,走近女人,左手接住女人的头,右手靠近女人的眼,拧开了女人的左眼皮。

没有什么呀。男人说。

你帮我吹吹,眼睛怪疼的,胀人哩。女人说。

男人的嘴靠近女人,对着女人的眼睛,小心地吹着气。

真好了些。女人说。女人话音未落,办公室门口传来了吃吃的笑声。

男人一抬头，说，贾德、吴影，进来吧，我是在帮她吹眼睛哩，她眼里进了个蚊子。男人一本正经。

贾德、吴影仍然只是笑。

下午上班，也没啥事。有人讲起笑话，扯七扯八地讲，讲男人和女人的故事。笑话讲完了，没有人笑，最爱笑的贾德也默不作声，一脸的严肃。

男人想笑，但没有笑。这故事该不是说的是自己吧，男人想。男人这才想起下午上班前用手摸了女人的头，抚了女人的眼，对着女人的眼吹了几口气。

男人觉得不自在起来。跑到卫生间想要洗手，打开水龙头，手却缩了回去。

下班的时候，男人觉得有好多双眼睛射在他后背上。回到家里，男人随意扒了几口饭，倒头便睡。可是却睡不着，他总听见有一个声音在周围回响：这办公室呀，婚外情的好场所，好多人就是在办公室里接吻，做出那苟且之事的……这声音像是贾德的，也像吴影的，还像是些不熟识的人的。

第二天，男人黑着眼圈去上班，一进办公室就大叫起来：昨天下午，我真的是在帮她吹眼睛里的蚊子，什么也没干。

男人对着贾德，对着吴影，对着办公室的每个人又把这话说了一遍。女人还没有来上班。他想，女人来了，让女人也说说。

可是，女人没有来上班。

几天了，女人没有来上班。

在一次下班的路上，男人碰到了女人，想问问她不上班的原因。女人扭头就跑了。

女人换了一个办公室。

她为什么要换个办公室呢？男人在办公室里拉住贾德、吴影就问。贾德、吴影只是吃吃地笑。

活　着

　　这本来是平常得不能再平常的爱情故事。

　　主人公是一个男孩和一个女孩。男孩和女孩是中学同学。因为是同学，所以便有了一段青涩而又甜蜜的初恋。那些日子，落日的黄昏里，操场上总会投下男孩牵着女孩的身影；哗哗响的小树林里，留下了男孩女孩最美丽的记忆。不知有多少个夜晚，男孩孤枕难眠；不知在多少个清晨，女孩泪湿枕巾。

　　他和她的爱，刻骨铭心。

　　就是因为初恋，他和她双双出入的身影引来了同学们羡慕的眼神，说真是一对金童玉女。也是因为初恋，他和她的学习成绩非但没有下降，反而并驾齐驱，轻松地在全班同学前领跑。还是因为他和她的爱情，大家好像明白了什么是爱情，连四十多岁的女班主任在心里也大吃一惊。

　　他和她的爱情，似乎就是上天安排好的。

　　然而，上天安排的爱情往往会注定失败。高三那年，她因父亲工作调动而随着同往另一座城市，比这一座小城大得多的省城。

　　我会在大学等你。他说。

　　我会在大学等你。她说。

　　两人甜蜜地等待着。

　　又是命运给他和她开了小玩笑。他被北方的一所大学录取，她则进了南方的一所大学。

她写信给他，说想他。

他回信给她，说真想她。

他给她打电话，泣不成声。

她给他打电话，号啕大哭。

快乐的时光总是很短。他毕业了，留在了一个省会城市，做设计师；她毕业了，成了南方一所大学的教师。

不久，他由男孩成了男人，她由女孩成了女人。他不是她的男人，她不是他的女人。

他仍然给她打电话。她仍然给他发电子邮件。他说，咱俩十多年没见面了吧。她说，是11年零131天。

他时时关注着她，打听着她的消息。她也时时通过中学同学，问问关于他的消息。

是一次中学同学大聚会。有人给他打电话：她会去的；有人给她发邮件：他会来的。

同学会在市里最大的酒店举行。十多年没有见面的同学相聚，非常热闹。大家频频举杯。

他怎么没来？有人说。

她怎么没来？又有人说。

就在酒店的大门口，他在向里头张望。猛然，他感觉有道熟悉的目光射向自己。他眼睛余光里有道熟悉的身影。

他没有回头，朝着左边快步走开。

她没有转身，朝着右边迅速离开。

他的脸上面带微笑。

她，一脸的灿烂。

痣

慧很美。高挑的身材,在女孩堆里常常是鹤立鸡群。白皙的皮肤,似乎一掐就能出水。一闪一闪的大而黑的眼睛,就像是谁从天上摘下的宝石。这还不算漂亮,最值得看的还是她的那颗痣,长在嘴角左侧,嘴角微微翘起,那颗痣也更醒目。这颗痣长在美丽的慧的嘴角,就是画龙点睛!男孩们在一起常常这样议论不休。

一个男孩就倒在慧的这颗痣跟前。他叫木。从大一到大四,木像个影子似的追随着慧。大四的时候,两人出入成双,俨然金童玉女,成了校园的一道风景线。

憧憬的美好总是被现实的残酷冲撞得一塌糊涂。毕业时,慧留在了省城,这里有她做官的舅舅;木还得回到生养他的乡下,那里有他体弱多病的父母。

就在毕业后的第二年,慧在舅舅家认识了官,一个做官做得得心应手的男人。

你真美!官说。

嫁给我吧。官又说。

慧成了官的妻子。慧的舅舅官职当年连升三级。

你真美,去了嘴角那颗痣,你更美。官对慧说。而且,激光去痣,无痛,快速。官又说。

三秒钟。慧嘴角的痣化为几粒黑灰。有泪,从慧的眼角涌出。

命运总是鬼使神差。十六年后的一次酒会,一个民营公司的老总做东,木作为特邀嘉宾出席。恍惚间,木觉得有个熟悉的身影晃过。

你是慧!木举起酒杯。祝你快乐!

我不是慧。我没有一颗痣。女人淡淡地说,脸上掠过一丝忧郁。

你是慧!你就是慧!木提高了声音。

女人侧过脸。

那颗痣……早已印在了我心里。男人轻声说。

女人转过脸,脸上已是泪雨滂沱。

咱们离婚吧

咱们离婚吧。刚吃完晚饭,男人说,很平静地。

女人没有吱声。

咱们离婚吧。男人又说,声音提高了一些。

女人怔住了,忽然,号啕大哭起来。

哈哈——男人大笑起来,说,傻东西,我说着逗你玩的。

女人仍只是哭,男人慌忙扳过女人布满泪痕的脸,用手替她擦拭着眼泪。好一会儿,女人才止住哭。男人长长地吁了一口气。

像一块石头投进了湖里,泛起了圈圈涟漪。夜很深了,女人侧过身子,背对着男人躺在床上。她睡不着。

我真的只是逗你玩的。男人抚着女人的肩,轻轻地说。

女人不说话,眼里又有两颗泪溢了出来。他没来由说出这句话呀,女人心里想。

女人觉得自己真是太傻了,怎么不多观察点男人呢?她听人说过,检查男人呀,无外乎三样硬件:手机、衣物,还有就是按时回家"交作业"。当然,每月的薪水除留点零用钱外,得全额上缴家庭国库。

女人变得细心起来。

第一次检查手机短信时就大有收获。在男人的手机里居然保存着这样一条短信：你是我的心，你是我的肝，你是我生命的四分之三；你是我的肺，你是我的胃，你是我心中的红玫瑰。

男人一下班，女人就虎着脸立在门口：说，谁是你生命的四分之三，谁是你心中的红玫瑰？

男人一下子懵了。但一想一定是说那短信息了。你是说那条短消息吧，我同事小刘转发给我的，觉得有意思，就保存了下来。男人说。

第二天，女人回拨了小刘的电话，是个男人的声音。女人慌忙挂了电话。又一次检查，女人发现男人口袋里有几片"清嘴"含片，便对男人说，怎么还吃这东西，吃了"清嘴"好和哪个狐狸精亲嘴吧？

男人一怔，皱了皱眉头。

夜晚，温馨的灯光照得房间极具情调。女人一把拉过男人。

男人却抱着一床被子，睡到了客厅沙发上。

女人跟了出来，拿着男人的白衬衫。

为啥白衬衫上有个鲜红的唇印？女人追问，男人这才想起昨晚同事聚餐时酒喝多了，同事们在他的白衬衫上开了个玩笑。

是同事们开玩笑。男人说。

开玩笑？那么多男人为啥没有人开玩笑？我看是你在和我开玩笑。女人说。

男人用被子蒙住了头。

咱们离婚吧。女人说。男人把头蒙得更紧。他心里犯了疑，怎么女人像审犯人似的对我？怕不是贼喊捉贼吧。

女人真是爱打扮了，几乎每周都得买新衣物。这是男人最早的发现，买衣物得用钱呀，她怎么会有那多的钱呢？

男人又发现，女人的口红涂得更红，像涂了层人血一般。这会是和谁去约会呢？男人想。

居然，男人在女人的坤包里发现了一只高级打火机。

我买了正准备送给你的呀，给你一个意外惊喜。女人解释。男人感觉她的脸上有不自在的神色。

· 089 ·

咱们离婚吧。男人说。女人也说。

男人拿着红色的结婚证，女人拿着红色的结婚证，一起走出了家门。

多好的一对儿呀，邻居看见男人和女人说。

跟　踪

她走在前头，他跟在后头。一前一后走了二三里路了。

他叫狗旺，从山村旮旯到城里来打工的汉子，在建筑工地上干活儿。他并不知道她叫什么。

可，她像有一股魔力一般，吸住了他的眼球。

又拐了一道弯，这是第六次转弯了。她走得更快，他也脚步挪得更勤。看样子她想甩掉他这个尾巴。

忽然，她大叫起来："有坏人跟踪我……"他一看，这会儿到了一个小区派出所门前。她叫喊的话音未落，一个精瘦的男子从身后箍住了他的双臂："小样儿，看你往哪儿跑？我跟踪你快十分钟了，大白天的，就想要对前边那位女士抢劫吧？"精瘦男子随后亮出了警官证。

他被带进了派出所值班室，她也跟着进去要做笔录。值班室里有人对着精瘦男子说话："好个火眼金睛的孙队长，又逮了个毛贼吧。"

"说吧，小子，是不是准备对人家下手？是准备抢手机还是抢项链？"孙队长开始讯问。

他不知说什么好。"他跟了我六七里路了。"她在旁边说。

"坦白从宽，快说吧。"孙队长又说。

"裙子……"他的牙缝里挤出了两个字，声音低低的。

"你个色狼。"她大声叫道。

"为什么？"孙队长又问。

"她穿的是条红色的裙子，"他的声音提高了些，"俺在前年回家时给俺老婆买了条红色的裙子，俺想俺老婆，因为俺两年没有回家了……"

喜欢高跟鞋

是女人，就会喜欢高跟鞋。穿上高跟鞋的女人，凹凸有致，风姿绰约，是男人眼中的好一道风景。高跟鞋，是女人真正的名片。

一个叫芸的女孩，和众多的女人一样，特别地喜欢高跟鞋。她说，穿上高跟鞋，可以精神百倍；没有了高跟鞋，就成了神经病一般。高跟鞋，是女孩子的代名词。她说，如果有钱的话，她可能一天买上一双高跟鞋，或者成立一个高跟鞋销售公司，那样，高跟鞋就是取之不尽，用之不竭了。

芸不可能一天买一双高跟鞋，也不可能办一个高跟鞋公司。芸还得自己打点一下自己，得找男朋友了。芸找过不少的男朋友，好几个一见面就给吹了。她说，她的男朋友就是高跟鞋啊，还要找什么男朋友呢。

芸还是喜欢她的高跟鞋。成天逛街就是看高跟鞋，下班回来也是摆弄她的高跟鞋。

突然有一天，芸说要结婚了。

芸说不再喜欢高跟鞋，就在她说要结婚的这一天。

芸把家中的高跟鞋送给了同学、同事，还有一些不知名的朋友，一人至少一双，有的一人就得到了七八双。

芸穿起了平底鞋。穿上平底鞋的芸显得更精神。

芸为什么不喜欢高跟鞋了呢？好多的朋友就有了疑惑。

有不少的人就直接地问她，芸只是笑笑。

芸不喜欢高跟鞋，倒喜欢做些家务了。有人多次看见芸一人在家烧饭洗衣，一切做好了，等着心爱的老公回家。

见过芸的老公的人并不多。让芸的单位同事大开眼界的是一次舞会，芸和老公在舞池翩翩起舞，一曲又一曲，流畅，自然。

真像一对金童玉女。于是就有人说。

想不到穿着平底鞋的芸的舞也居然跳得这样好。又有人说。

她穿高跟鞋来跳一定更精彩！有人接过话。那她为什么不穿高跟鞋跳啊？

那她为什么不穿高跟鞋跳啊？有人重复了一遍。

是呀！不少人恍然大悟。要是芸穿着高跟鞋，肯定比她老公高出不少，这样跳舞能跳出精彩么？还有，就是平时，芸要是穿高跟鞋就要比她老公高，这样的生活还是不好吧。

芸哪，还是真正地找到了她爱的人了。有女人羡慕地说。

真是一个好女人。有男人眼红地说。

就有和芸最好的同事把这不穿高跟鞋的原因跟芸说了，芸笑了笑，说，没什么呀，要是你，你也会不穿高跟鞋的。

芸依然穿着平底鞋，很精神地挽着老公的胳膊在大街上行走着。

你是不是病了

大陈是个烟鬼，是个出了名的烟鬼。烟龄从8岁时上小学二年级时算起，到如今已有30年了。这几天，大陈迷上了看书、看电视，看了书、看了电视之后，大陈就像着了魔一样，决定要把这烟戒掉。

其实提到戒烟的事，是大陈痛苦的回忆。8岁时偷着在厕所吸3毛钱一包的"大公鸡"时，被老师逮住了，在操场跑了十圈，后来又被家中老陈用木棍在屁股上擂鼓似的敲过。可是，上小学的几年中，像羊儿丢不了羊奶也从没停过烟。18岁去相亲，家中老娘说，你不能抽烟了，抽烟了满身的烟味，把媳妇娶不进门的。大陈也不管，一身的烟味倒也引进了媳妇小梅。后来和小梅结婚了，如今儿子陈丁也上大学了，妻子小梅从没停止过禁烟令的下达。她停过他的就餐资格，甚至还以不让他履行丈夫义务把他关在房门外相要挟，可都不见效。

可是烟鬼大陈却不声不响地在心中下了决心，想着要把烟戒掉。才一天没抽烟，小梅嚷开了："你是不是病了？"大陈轻轻地摇了摇头。小梅不信，用手去摸大陈的额头："像有些发烧，得去医院检查检查。"大陈不去，自个儿骑车去厂里上班。一进厂房门，同事老李递过支烟，大陈用手拦住了。"你是不是病了？"大嗓门的老李又是一阵嚷。大陈连连摆手。下班的时候，厂房门前聚了三五个人，正小声地嘀咕着，像在说着得病什么的。一见大陈走拢来，都不说话了。有人转过了脸，没转过脸的对着大陈尴尬地笑着。

　　第二天清早，大陈还没起床，小梅就开始发话："我昨天已与市第一医院的老同学联系好了，这时你跟我一块去做全身身体检查。"大陈拗不过小梅，被小梅拉上了去市第一医院的公共汽车。下午小梅急急地赶去拿检查结果，结果上显示：一切正常。路过邻居王平家，王平小心地拉过小梅："大陈哥是不是病了？"小梅忙拿出身体检查结果给王平看，王平笑了笑说："现在医院检查结果也不一定准的，再说这结果嘛，也可以弄虚作假的。"小梅的脸上顿时爬满了乌云。

　　回家之前，小梅特意去商店买了条烟。一到家，急忙拆开了一包，抽出一支插在了大陈嘴上："抽烟吧。"说着替大陈点燃了烟。大陈无可奈何地猛吸了一口，吐出个烟圈儿，那烟圈儿好像就停在他的头上，仿佛永远不能消散似的。

和你打个招呼

　　他和她又相遇了，又是晚上9点，又是电线杆下。

　　他和她并不认识，但是每天这个时候——晚上9点左右，他总会在这挂着路灯的电线杆下和她相遇，天晴下雨，从没间断。相遇并不是相会，更不是约会。因为他和她根本不认识，就是连姓名也不知道。曾有两次，相遇时，他想着尝试打一下招呼，哪怕点一下头也好，或者能说句"你好"，但是话到嘴边又咽下。为什么要和人家打招呼？他想。也有两次，她也想着和他打下招呼，就是抿着嘴笑一下也行，毕竟每天在这夜幕中有人伴着。但是，不要和陌生人说话，她想。人哪，有时就是这样的怪物，相逢却形同陌路，陌生人有时会成为密友。

　　她大概在哪个工厂上班吧？他猜。他也许和我一样在工厂上班吧？要不然怎么每天晚上都准时遇到他？她想。

　　因为加班，这一天她下班晚了一点。看来9点钟准时遇见他难了，她想。她在心里希望每天见他一面的，她真想对他抿嘴笑一笑。她不由得加快了骑车的速度。她今天该会准时吧？我要向她打个招呼，他想。他骑着车慢慢地游着，寻找着她。她加速前进，看见了他，他也看见了她。不好，一辆小汽车猛然斜插了过来，喝醉酒似的撞向她。她感觉被人猛地推了一把，随后听见"咔嚓"一声巨响。

　　醒来时，她躺在医院里，只是一点轻伤；他躺在对面病床上，头上、身上缠满了绷带。

"你——好——"他低声说。

她抿嘴笑了，甜甜的。

你说我在等啥

"他爹，睡吧，啊？"水牛婶又轻轻拉了一下水牛老汉的衣角，说。

"叫你先睡就先睡，咋这多屁话？"水牛老汉发性子了一般。水牛婶没有声响了，脱了鞋偎坐在了被褥里。水牛老汉仍旧发呆一般，时不时"叭嗒"一下手中的旱烟，两眼直瞪着床边小桌上的电话机。电话机是儿子才平前年回家时从老远的地儿带回来的。那老远的地儿听儿子说坐火车也得一天一夜。要是俺赶头牛车去那儿，不得走到猴年马月？水牛老汉那当儿听了就嘀咕。这电话机也是个怪东西哩，叮———一响，拿起那听筒，嘿，就能听见儿子的声音了，听见儿子的声音，水牛老汉就能知道儿子过得好不好，感冒了没有，和媳妇吵架了没有。当然，有时老汉也能听到儿媳妇娟子和孙子大卫的声音。娟子的声音娇滴滴的，像仙女一般，老汉最喜欢听娟子管老汉叫"爸"，老汉听了比儿子叫"爹"还亲切，还甜蜜。这电话机可真是个好东西！

哧——有只老鼠从水牛老汉面前一闪而过，老汉一动不动，要是在昨儿，他得在屋里撵上一阵子。有阵冷风刺了进来，老汉知道准是扇小窗给吹开了。还凉快些哩，老汉心里说。

"好冷，好冷。"水牛婶也还没睡，她口里嘀咕着，起身去关了那扇小窗。她没有再拉水牛老汉，她知道他心里装着事儿，她更知道他真个大水牛一般的脾气。

"才平怕是单位有事吧，"水牛婶轻言慢语，"他怎么会忘记今日是你的生日哩？"老汉仍自个儿"叭嗒"着旱烟，一言不发。水牛婶不想睡，但就着床靠背，不知怎么就糊里糊涂眯了眼儿。

鸡开始叫了，叫醒了迷迷糊糊的水牛婶。早已熄灯了，她借着"叭嗒叭嗒"的旱烟光亮，感觉床边还坐着那个熟悉的黑影，也分明看见黑影的一双昏花的老眼里忽闪忽闪的，像是泪水。

她摁亮了电灯，老汉的双眼显得更亮了，是那眼里的泪水又晃起了一道亮光。她起身，走近电话机，拿起听筒，叭叭叭，一串数字，是电话通了的提示音。她又放下了听筒。

不到打个屁的功夫，叮……电话响了。老汉触电式地站起，抢过听筒。

"爹……"

"才平你个龟儿子咋还没睡？"老汉吼开了。

"今日加班，很晚才回家，却睡不着，总觉得心里放着件事，像块石头一般，"儿子说，"这时我终于明白这件事了，爹……"

儿子还要说，老汉给抢了话头："别嚷了，娟子和大卫都好吧，你也早些儿睡，明儿还得上班哩。谁让你打电话回来？多做好自己的事儿！"说罢，啪地挂了电话。

"就你多事。"老汉对水牛婶嚷开了："谁让才平这小子回电话呀？"他将手里的旱烟袋猛抽了一口，给熄了。他一边脱着鞋和衣服一边和水牛婶唠叨："咦，你个老婆子，有时把钱都认错的，咋今儿个会打电话了？"

"老头子，才平也是俺老婆子的儿子哟，俺不认得数字，看你打他电话时按每个键的先后俺倒记熟了，这比俺那会儿绣鞋垫儿简单多了。"水牛婶这下倒高兴起来了。

老汉一上床，没等水牛婶熄灯，就把水牛婶箍了个结实，紧紧地搂进了怀里。

三十年前的一只蚂蚱

一幅画面，常在梅子的眼前闪烁。

青青的绿草地上，草绿得发亮，逼人的眼。青青绿草上，常常跳跃着小生灵。个儿大的是青蛙，一个后蹬腿，跑得无影无踪；个儿小的是数不清个数的蚂蚱，有绿绿的，有黄黄的，常常伸着长长的腿在青草上蹦个不停。草地上蹦个不停的还有孩子们。孩子们一来，草地上便有了生气。春天的草地上，孩子们拉着自制的风筝，拼命地奔跑着；秋日的草地，孩子们在草地上摔跤，撒开脚丫子追蚂蚱，逮住蚂蚱，在火上一烤，香脆得，让人直流涎水。

水牛哥，你再给我逮只大点的烧给我吃好吗？是个小女孩甜甜的声音，小女孩扎着羊角辫，不过八九岁。

好，梅子乖，水牛哥就给你去抓。说着，十来岁的男孩已经撒开脚丫跑远了。

一会儿，一只香喷喷的烧蚂蚱递到了羊角辫子前。

水牛哥，长大了我嫁给你好吗？你天天逮蚂蚱烧给我吃。

好哇，那时，你做了我媳妇，我让你满肚子都是红烧蚂蚱，还生个娃娃也是蚂蚱……

就是这样一个画面，30年了，在梅子的脑海里已经定格成了一道亮丽的风景。

可是，风景画的主人公呢？

梅子上了大学，毕业后留在省城，有了一份好工作，找了一个好老公，生下了一个聪明的儿子。那个水牛哥，仍然生活在那块青青的绿草地上。

越是觉得幸福，梅子越是想到那块青青的绿草地上去走一趟。终于，国庆节可以休一个长假，她想着要实现自己的计划了。

买什么东西去呢？想来想去，她在城东工艺品市场买了个木制的蚂蚱。带着木蚂蚱，梅子飞一般地飘向青青的绿草地。

十月的草地已经开始变黄。微黄的草地边，立着间不高的房子。房子前面的空地上，一个四十岁上下的男子拿着饭碗，一口一口地喂着身边的女人。女人一副病态，却仍然不时幸福地笑着。不远处的草地上，有一个十多岁的小男孩在自由地玩耍，手里刚刚逮住一只小蚂蚱。

梅子轻声叫过小男孩，递给他那只木蚂蚱。

然后，梅子转过身，朝返回的客车走去。她的嘴角带着微笑。上车的那会儿，她分明看见那微黄的草地上，有蚂蚱在蹦跳着，忽闪忽闪地。还有一个男孩带着个女孩在欢快地奔跑着，手里拿着刚刚烤熟的蚂蚱。

那片微黄的草地，渐渐长成了青青绿色。

来一盘炸蚂蚱！在省城帝王宾馆，梅子高声地叫着菜谱，如鲁智深吆喝"拿酒来"一样地豪放。

我家的阿姨

一大早，宋海就来到了市人才交流中心。他是来招个保姆的。昨晚上，妻子李丽的话快要把宋海的耳朵磨出茧来："早就让你找个保姆，你偏不，要节约几个钱，这下好了，家里乱成一团糟，7岁的儿子小新上学也没人接送。你明日早上不去找个保姆，你就不用回家了。"宋海本来想着和李丽亲热亲热的，这下只能蒙着被子自个儿睡觉了。宋海觉得李丽说得也有道理，自己在市一中教书，面对的是等着高考的学生们，耽误不得。李丽在市建设银行上班，也忙得很。

为了不影响上午的上班，宋海得在上班之前将找保姆一事敲定。因为太早，人才交流中心前还没有什么人。宋海正在四下里张望，一个二十岁上下的姑娘凑了过来说："大哥，要保姆吗？"宋海嗯了一声，问："你做过保姆吗？"

"做过，不合格您可以把俺再辞掉就是了。"姑娘说，倒是很轻松的样子。宋海又看了看那姑娘，模样还行，打量打量，说话走路也还利落。眼看要到上班时间了，宋海只得说："那你跟我来吧。"姑娘就跟了过来。边走边聊，姑娘说她叫肖红，19岁。说好了价格，一个月500元，包食宿。两人都没有意见。肖红自己还说，自己是农村来的，来市里有5年了。宋海又看了看，倒也不像是乡下妹子。

肖红一进家门，就开忙忙碌起来，拖地板，洗衣服，忙个不停。李丽看在眼里，也喜上心头。不过两天，家里就被收拾得亮堂堂的了。几个月下来，肖红天天如此，接送孩子，收拾家务，总是做得停停当当。宋海、李丽夫妇上班时也安心多了，心里甭提多高兴，直说找了个好保姆。夫妻俩总是一到月底就按时付给肖红工资，发工资的那天，还忘不了一起加一次餐。上次周末去庐山游玩，把肖红也带去了。这几天天冷了，前几天上街买围巾，夫妻俩买了四条，包括肖红在内一人一条。7岁的儿子小新也特别喜欢肖红，他总缠着让肖红教他儿歌，辅导他做作业。在一次题为"我的家"的作文里，小新写道：你猜我家有几个人？三个？不对，是四个，爸爸、妈妈和我，还有肖红阿姨呢……

今天又是为肖红发工资的日子，宋海早就嘱咐肖红炖了一锅子骨头汤。汤早就炖好了，这会儿，肖红去接小新了。有人开门，一看是李丽下班回家。宋海又一看，李丽阴沉着脸。宋海忙问原因。李丽说："你知道肖红的来历吗？听人说，她前前后后给我们建设银行的王行长做过保姆，给包工头张大头家做过保姆，明里暗里卷走了不少钱，最后都是不辞而别。我们俩也得小心呀……"宋海一惊，想不到肖红还有这样的经历。一想不要紧，再一看时间，快晚上6点了，儿子小新放学也有一个钟头了，可还是没见她带着小新回家。宋海忙拨打肖红的手机，却已关机。一股不祥之兆笼到了夫妻二人头上。李丽骂起了宋海，说他找保姆没长眼睛。宋海也慌了，正准备发动亲友去找小新，这时有电话打了进来，宋海、李丽同时拿起了话筒，对方说："你好，请问是宋海家吗？""是呀。"二人忙说。"我是市一医办公室的，是这样的，你家保姆肖红为了救你家放学时横穿马路的儿子小新，推开小新时她自己被一辆小汽车撞成重伤，现在正在我们医院抢救。你们带些医药费和病人肖红的衣物马上赶过来……"

拿着听筒，宋海、李丽两人长长地舒了一口气。李丽忙着去清理肖红的衣物，一进肖红的房间，就看到了一本敞开着的日记本，日记本上的字写得不是太好，却也工工整整：

俺终于找到了一家好的主人，宋哥、李姐，还有小新都对我很好。以前，俺为了弟弟肖兵能顺利读完大学，俺只有找每月钱多一点的主儿。那王行长家钱多，可他家里人把俺不当人，俺吃的喝的和他们是不同的，只能让他们吃完了再吃。半夜时，还叫醒俺为他们倒水……那张大头更不是东西，居然想一年出两万元把俺包下来，让俺做他情人。真是做梦，为了钱俺就这么不值？俺大道理不懂，但知道活着就要是个人，要有尊严……前些天，宋哥、李姐带俺去了趟庐山，回来还为俺买了条围巾，小新还写作文把俺当成了他家里人。人对我好，俺就要对人好。俺得好好干，对得住宋哥、李姐，还有小新，俺甚至可以说，要带好小新，为了小新，俺可以为他去死……

　　李丽连忙又叫来宋海，两人一起看着这篇日记，看得泪流满面。

锋利的刀口

　　大强刚泡好一杯龙井茶，正准备坐在客厅沙发上边品茶边看电视的时候，门铃声响了。今天是星期天，妻子小娟带着5岁的女儿甜甜上午就回娘家去了。
　　会是谁呢？一边想着，大强就打开了门。
　　伸进一把菜刀，明晃晃的。
　　大强一惊。
　　接着闪进了一个三十多岁的男子，手中拿着一把刀，身上背着一个黑色旅行包。他将手中的菜刀又晃了一晃，那光真有点刺眼。
　　大强慌忙掏出了衬衣里的三百多元钱，丢在了客厅茶几上，他想如果主动一点，损失就会减少的。
　　男子满脸污垢，很是凶恶的样子，尖尖的下巴上的胡须特长。
　　大强忙着掏出了手机，又放在了茶几上。
　　男子见了，口里嗷嗷地叫了起来。大强这才知道他是个哑巴。如今入室抢劫的，好多都是聋哑人，不想今天真让自己给碰上了，大强想。
　　嗷嗷叫的男子又拿菜刀晃了一下，朝大强走拢了来。大强连忙后退，打开了书桌的抽屉，拿出了抽屉的三叠人民币，是准备让妻子小娟去办美容年卡的3000元钱。钱，又放在了茶几上。
　　男子的目光朝整个房间扫去，仍然嗷嗷地叫着，他将黑色旅行袋搁在地上，准备拉开袋子的拉链。大强知道男子要装东西了，忙着又将电脑桌上的数码相机递给了男子。

"请拿走这些东西。……不要……伤害我。"大强说了一句话。

男子不再嗷嗷地叫了。大强猜想他一定同意了自己的做法，于是他便将茶几上的东西——手机，三千多元钱，还有数码相机——装进了男子的黑色旅行袋。

门，呼地关上了。大强这才松了一口气，他真是庆幸今天的做法，不然真不知会是什么样的结果。他也这才想起得给妻子打个电话，让她回家。

妻子小娟二十多分钟就带着女儿赶回了家。还在家门外，小娟大叫起来："大强，你神经有点问题吧，怎么把家里的东西搁外头？"

大强慌忙出门一看，房门边立着个黑色塑料袋，袋里全是刚才自己装进的东西——手机、三千多元钱、数码相机。只是，多了个字条，上面写着：

兄弟，我的菜刀刀口很锋利吧。东西还给你，告诉你，我只是个推销菜刀的聋哑人。

大强一阵苦笑。

"爸，老师说，遇着坏人可以打110呀，你为什么不打？"5岁的女儿大声说。

别把穿衬衫不当回事

星期一上午一上班，郑武就觉得有点不对劲儿。特别是办公室主任王明的那眼神，从郑武刚踏进办公室起就显现出了愠怒之色。

我从没得罪过王主任呀。郑武寻思。我一个既普通又平常还有些老实巴交的办公室正宗的办事员，咋就让王主任看着不顺眼呢？何况，我今天上班穿的是件名牌衬衣，就是影星陈道明做广告的那种，利郎商务男装系列，四百多元一件，在这小县城穿穿，也算气派的了。

这是咋了？郑武百思不得其解。

一道深蓝的光从眼前掠过。郑武一抬头，是张局长走过办公室。郑武一抬头不要紧，要命的是张局长身上的那道深蓝色的光是从衬衣上发出来的，准确地说，是从和郑武一模一样的那件利郎高级商务衬衣上发出来的。

郑武心中明白了八九分。怪不得王主任看我办事员郑武不顺眼哩，原来是因为我和张局长穿了件一样的衬衣。

深蓝色的张局长一闪而过，又折进局长办公室。这办公室里，王主任和郑武四目相对，王主任的眼里像要喷出火似的，郑武知道那是怒气。郑武也不知所措，不由得自责起来，在心里骂着那讲面子的老婆，为啥要买这样一件所谓的高档衬衣。

"你，今天不用在办公室整理材料了，到白水乡去调研农村水产养殖情况。"王主任忽然发话了。

白水乡是全县最偏僻的乡镇，坐车就要坐上半天，再说要调研水产养殖情况，这也不是一个人能做得好的事。郑武猜到这是对他的惩罚了。谁让他穿了和局长一样的衬衫呢？

郑武一声不吭，像犯了错误似的，拿了公文包就准备往外走。也许是一种解脱呢。郑武在心里说。

"哟，郑兄买了件高档衬衣，利郎牌的，好呀。"隔壁办公室大李不知啥时溜了进来，和往常一样扯开了嗓门。

王主任不作声，郑武也没话说。大李自个儿看了看郑武的衬衫，说："郑兄的利郎是件假的吧，颜色一点也不正，你没见张局长穿的那件吗？就像天空那样蓝，一点杂质也没有，我说你的是件冒牌货呢。"

郑武马上回过神来，说："噢，是的，是的，我家里的那口子还会给我买那么贵的衬衣？就是在'大甩卖'专卖店买的。"

"哦，难怪，我也看着不像是正牌货。"王主任接过了话茬，脸上一点愁云也没有了。

郑武站起身，拿起公文包走出去，王主任叫住了他："今天就别去了，明天让张局长带我们局里人一起去调研……"

下午快上班的时候，郑武想肯定是要换件衬衣了。他先想换件新买的纯白衬衣，拿了拿又放回了原处，拿起了去年常穿的那件黑T恤。他想，等张局长不穿白衬衫时，他再去穿才好。

果然，下午上班时，张局长也换下了深蓝色利郎衬衣，穿了件纯白的。郑武心里一惊，庆幸自己没有穿那件纯白衬衣。

"上班早呀。"张局长礼貌地和王主任、郑武打起了招呼，然后走进局长办公室。王主任和郑武对局长笑了笑，然后各自找了张报纸，急切地寻找着社会新闻版，总想找点共同议论的话题。

郑武不再穿那件深蓝色利郎衬衣。

那件深蓝色衬衣，张局长再没有穿过。

包公河

县委大院后有条河，叫包公河。为啥叫包公河？有人说，包公当年断案时曾在此住过一晚，铡了县里贪县令的狗头，为了纪念而取名"包公河"；也有人说，和包公没什么瓜葛，是因为几百年来这儿一直是县衙，县衙里的清官却如凤毛麟角般少，取名"包公河"是全县老百姓的一种期望，希望包公河像包青天一样监视县衙大老爷们的言行。

包公河从县委大院后缓缓流过，流了几百年。今天，就是从这县委大院里传出条消息：全县科局级以上干部将参加县委在包公河组织的钓鱼比赛，任何人不得替代或缺席。消息传出，全县上下沸腾了。据说，这钓鱼比赛其实是由市委组织部发起，由新任县委书记任裁判长呢。最关键的是，由各人钓鱼的数量能判断这人是否廉洁。于是，有不少人四处打听钓鱼数评判廉洁的规则。于是，就有最关键的消息暗暗传开：在包公河谁钓起的鱼越多，就越廉洁；包公河一条鱼都不能钓上来的，肯定不廉洁。

在包公河的钓鱼比赛真的举行了。这天风和日丽，天高气爽，全县近三百号科局级干部撑开钓鱼竿在包公河边一字儿排开，场面煞是壮观。下午三时，收竿交鱼，县委书记亲自点鱼记数：组织部王部长，青鱼鲤鱼各4条，重12.8公斤；民政局张副局长，大头鱼青鱼各3条，重11.9公斤……企业局刘局长，鲫鱼2条，重3.3公斤；文化局李局长，0公斤。

第二日，县委大院传出了消息，组织部王部长、民政局张副局长以及上交了青鱼、鲤鱼、大头鱼的干部都出了点事，调查组已分别开始着手调查。有人开始责问当初传出"以鱼数定廉洁"的县委办公室小王，小王说了真话："县委书记是市水产局调来的，他考察过包公河的水环境，河里根本不可能有青鱼、鲤鱼、大头鱼，上交了这些鱼的人都是心里有鬼，事先就买好了鱼准备上交的呀。"

不少人开始骂这包公河。可包公河依旧缓缓地、平静地从县委大院后流过。

会议记录

上个月，我还在局长办公室做副主任，其中一件日常性的工作就是记会议记录。在这儿我想凭记忆真实地写下一次会议记录。那是一次全局干部职工会议，说的是全局也就那么二十多号人，包括五位正副局长。

会议主持吴主任：今天我们召开全局干部职工大会，这是继昨晚召开干部职工大会后的又一次重要会议，我们的五位局领导将作重要讲话。

周五副局长：我开个头儿，这次会议很重要，大家要注意会议纪律，必要时要做好笔记……

李四副局长：我谈一点看法，这事呀，要和平时的工作情况挂上钩……

张三副局长：我同意李局长的看法。不管怎样，我们都要清楚自己的位置，找准自己的坐标……

钱二常务副局长：周、李、张三位局长都提出了很好的建议，有问题、有建议就要提嘛，不过我们重在落实，重在行动……

赵局长：一会儿我还得准备明天的一个重要会议。我只简单地讲两句。在工作中我们要看到成绩，但我们也要看到自身的不足之处。是成绩的就要发扬，是问题的要争取改正，把工作做得更好……

会议主持人吴主任：这次会议开得很好。会上，周、李、张、钱四位局长提了很好的看法和建议，赵局长做了重要讲话。我们要按照局长们的指示认真去落实，做好我们局的工作，让我们的工作再上一个新台阶！散会。

  这次会议讨论的具体什么事我记不清了，大概是局里杀了头猪要分吧，或者要搞好局机关的清洁卫生这事。局长们是不看我的会议记录的，他们不会知道。我的顶头上司、年近五旬的吴主任应该知道。那次吴主任大鱼大肉吃多了拉肚子，一时找不到手纸，慌忙之中把我的会议记录本抓了去，在厕所细细品析，一看每次会议记录大同小异就这格式，他立即密告赵局长："什么大学文秘专业高才生，连会议记录也不会记！"

  而今，我在局下属的一个小单位打杂，有时写写小文章，倒也优哉游哉。

楚河汉界

张三和李四是朋友，好得像穿着连裆裤的朋友。成为好朋友的原因不是因为他俩在一个单位，而是因为棋，中国的象棋。在"楚河汉界"那张不大的小纸上，两人调兵遣将，布阵杀敌，常常一拼就是一整天，杀得昏天暗地很多时候是不分胜负，或者你赢一次，他也赢一次，两人不相上下。

没有饭吃了，也得下棋。张三说。

即便老婆没有了，也不能没有象棋。李四说。

可是，穿着连裆裤的两人起了点变化，张三成了单位领导，李四仍然光头老百姓一个。

张三当上领导的那天，喝完庆贺酒后，叫来了李四，照样摆开战场，准备拼个你死我活。喝了酒的李四也就提枪上马，开始调兵遣将。不到十个回合，张三的老"将"便给李四活捉了。

你下棋的水平不行了。李四指着张三说，随后摇摇晃晃地回到了家里，面对着老婆王丽又是一阵吹嘘，说，我今儿个不到十回合就捉住了张三的老"将"……

话还没说完，感觉左耳朵被王丽给拧住了，一阵剧烈的疼痛。

你个糊涂东西，怎么能赢你领导的棋。王丽大声道。

听了这话，李四的酒顿时醒了。是呀，我怎么能赢李四，不，怎么能赢领导的棋呢？

王丽急了，这下可怎么办？让她给张三打电话是不行的，让李四给张三打电话解释更不好。这样，来个曲线救国，王丽想，她给张三的老婆李娟打个电话。李娟是王丽一个同学的亲妹妹。

哎呀，李娟呀，今天你老公怎么下棋让了我家的李四，是故意输的吧，看来他一定可以做更大的领导呀……什么，他喝醉了早睡了，那我就不打扰了……

又一个休息日，张三叫来了李四，又想拼杀一阵子。拼杀的地点选在城郊一片小树林里，环境幽雅得很。

棋子才走了五个回合，张三像越战越勇，李四却无精打采，手握着个棋子，像捏着颗炸弹似的，仿佛随时会爆炸，不知道怎么放才好。

看好了，将军抽车吃，你输定了。张三哈哈大笑。

连下八盘，除了一盘和棋，都是李四败下阵来。后来几次休息日，张三又叫来李四，结果都是一个样，总是让李四丢盔弃甲，溃不成军，一次也没有赢过。

于是，张三再下棋时，就没有叫李四来了。两人见面的次数少了，说话的时候也少了，有时两人见了面，只是客套地点一点头，一个字也不吭。

这半年，单位裁员，名单下星期就将公布，名单上有李四。这是李四的老婆王丽听人家说的。

你去办公室找一找张三，问是什么原因要裁你？王丽下了命令。

李四黑着脸进了张三的领导办公室。

来，和你下一盘。张三说。

李四一屁股坐了下来，在棋盘上你来我往开始厮杀不停。李四出棋迅速，张三始料不及。十三个回合，张三败下阵来。

再来一盘，下了十九个回合，又是李四得胜。

下第三盘，拼杀了近四十分钟，张三又是溃不成军。一看，李四手上还偷偷捏着他自己的一马一炮两棋子，原来李四这盘还让了张三两棋子。

李四还想下，张三哈哈大笑起来。说过几天再接着来吧。

单位裁员名单公布时，王丽把名单从头到尾看了三遍，没看到李四的名字。

几天后，李四在家为儿子举行结婚大典。张三比谁都来得早，来了就不肯走，扎扎实实在李四家玩了三天。

张三再想下棋时，仍然打电话叫来李四，拼命厮杀，很多的时候，仍然是不分胜负。

等你，在午夜

夜，给天空拉了一道黑幕，黑得难以见到一丝光亮，路上根本没有行人，倒隐约听得见电视机里春节联欢晚会传出的欢声笑语。今天是大年夜，孙乡长并没有睡。他又怎能睡得着？翻过年来，就得上上下下换届，此时与妻儿团圆又有多大意义？所以，这大过年的一定得去钱县长家意思意思，就是拜个年吧。可咋的了，钱县长今日倒不在家？等就等呗，咱就在您家门口蹲守，大年夜还怕您钱县长不回家？

冬天的夜晚就是冷，孙乡长让司机小王打开了车内空调，还是觉得冷，不由得打个寒战。"等人的滋味也不好受哩。"他说。

"是呀，是呀。"小王随口应道。乡长，您看不远处还有七八辆小车呢，人家不也在蹲守着钱县长归来吗？他们也肯定冷哩，他们的滋味也不大好受吧。

新年的钟声敲响的时候，钱县长的小车驶进了院内。钱县长才进屋，屋外车外的人预约好似的，不挤不抢，有秩序地先后进屋与钱县长握手。孙乡长看那些人都是些似曾相识的面孔，有时只得干笑两声，算是打了招呼。

市里赵市长有急事找我，我去了趟市里。今天赵市长家的人是出奇地多，好不容易和他说了几句话就回来了。钱县长说，脸上一副大功告成的神情。

才出门，孙乡长接到夫人电话：你怎么还没有回家？前进村的李村长在家门口等你回来，等了半夜……

啊？孙乡长和小王司机一惊。小王踩了下油门，加快了车速。

不急，不急，反正我们也会回家的。孙乡长慢悠悠地说。

路 灯

　　汤镇长家门口的路灯坏了。

　　路灯是夜行人的眼睛，没有路灯，可不好走路，这快大过年的，有人想到镇长家去坐坐也不方便。崔秘书心里直嘀咕。他忙找来镇机关管电的王师傅，立马给修好了。才亮了一个晚上，路灯又坏了。崔秘书又找到王师傅，王师傅忙说："是镇长夫人说灯亮刺眼了，早晨便让我把这电线拉断了。"

　　哦，路灯是眼睛，什么人去镇长家干什么事看得清清楚楚。崔秘书心里琢磨开了。便对王师傅说："不修，不修。"

　　汤镇长家住二楼，没了路灯，上下楼的人总不方便。退了休的人大张主任直嚷嚷王师傅把这路灯修好。

　　王师傅进退两难。崔秘书如发现新大陆般告诉王师傅："装个声控路灯。大大咧咧上下楼时灯一定亮，轻脚慢步进镇长家时，灯就不会亮了。"

恼人的电话

新领导到任的第一天,就召开员工大会说,大家都得加强联系,密切关系,搞好团结,要相互知道联络方式,我先把我的手机号码告诉大家。于是,领导报出了自己的手机号码。领导的手机号码好记,末三位数都是8。领导报号码时,大家都忙不迭地开始记录。大李慌忙将号码存进了自己的手机电话簿,其实在领导报号码时,他就烂熟在心里了。也是呀,领导的电话号码不记,你还做什么员工呀?再说,一旦领导有事找到你时,你就得有个心理准备了,知道这是领导的电话来了,那就得毕恭毕敬地来接听,不要漏了一个字。也许会因为漏一个字,耽误了自己的前程哩。

大李每天都会接听一二十个电话,每次都希望是领导打给他的,可是,每次都不是。大李说这话是有根由的。在前任领导离职前,就传出了信息:大李呀,得把握好机会哟,还空缺着一个办公室副主任的位置呢。大李把单位里上上下下的人在心里琢磨了几次,也觉得这办公室副主任非自己莫属。再说,前几天大李感觉新领导碰到自己时总是一副笑脸,这不也是条重要信息么?

可是,领导的电话一直没有拨入大李的手机。

周日的夜晚,大李看完了一场足球赛,已是深夜12点多,便忙着去洗澡,老婆小玉又开始收看她喜欢的韩剧。大李进浴室刚抹了沐浴露,隐约听到了自己的手机声。大李一惊,顾不上冲洗,围了条浴巾跑了出来,一出来，手机正在小玉手中，不响了。大李抢过手机一查，糟了，未接来电正是领导的手机号码。

"你碰我手机干啥？"大李对小玉叫道，"你知道这是谁的电话？"

"我没有按手机键呀，我只是想替你接听，可一拿起来却不响了。"小玉辩道。"我管你是哪个的电话。"小玉又加了一句。

小玉说完不打紧，大李更凶了。这是我领导的电话，我等了快一个月才等了一次，却被搅黄了。大李大声说。

小玉便不作声了，像犯了什么错误似的。大李气冲冲地跑回浴室，胡乱抹了几把，穿上睡衣，拿起手机，气呼呼地上床去了。小玉上床的时候，大李也懒得理会。

你回拨过去不就行了？小玉轻轻地对大李说。

大李想了想，觉得小玉说得有点道理，就回拨了过去，一个声音传了过来：您好，您所拨打的电话正在通话中，请您稍后再拨。过了五分钟，大李又拨，凝神屏气地听着电话，电话里说：您好，您拨打的电话已关机。大李这时好像才领悟点什么，领导的电话你做下属的能随便拨打么？大李慌忙停下了按键的手指。

大李像泄了气的皮球，瘫在床上。他琢磨开了，领导打电话给我到底什么事呢？真是我的好事吧？或者他现在有啥麻烦事了，比如上发廊让人逮住让我去买单……不会不会吧……大概还是……

一夜未眠，第二天早上，大李早早地洗漱后，第一个赶到了单位。他是想等领导上班后，问一问领导到底找他啥事。门卫老何一看到大李，问："咋了，大李，昨晚抹了一夜牌吧，眼圈黑黑的，要不然就是身体不舒服？"大李说："是呀，是有点不舒服。"

好容易到了上班时间，领导没有来。上班时间过了两个小时，领导没有来。快下班了，大李问了问办公室谢主任，谢主任说，领导下乡到白云村去了。听了这话，大李骑车就往白云村赶，好在白云村离单位只有十多里路。赶到时，大李远远地看到领导正和白云村干部在闲聊。大李凑了过去，还没开口，领导笑眯眯地开口了，"小李呀，咋也到白云村来了？是有亲戚吧？"

"呃，是呀。"大李忙说。说完，他却不慌着离开。领导又问："你找我有事吧？"

"呃，就是，您昨晚打我电话有什么事吗？"大李鼓足了劲儿，说。

"哦，你说昨天那电话？我拨白云村李书记的，拨错了，拨到你手机上了。"领导慢悠悠地说。

大李怔住了。但他又感觉，心里真像放下了一块石头似的。

习 惯

村里熊老太命好，如发射连环炮般连生了三个儿子。三个儿子都争气，都混得有模有样。熊大如今做了白狗乡乡长，话如圣旨，一呼百应，威风哩；熊二是野沟镇职业介绍中心负责人，忙里忙外替人介绍职业得回扣，赚钱哩；熊三小子读小学时就连留级三四次，没毕业就开始了混社会，现在是一名自由职业者——专业哭丧，一小时50元，还配了手机联系业务，自由哩。

可命好的熊老太没过完第七十个冬天就匆忙地见了马克思。村里人羡慕呀，三个儿子，有权的，有钱的，加上个会哭的，熊老太丧事肯定会很热闹。熊老太停尸两天，人们还没见熊大回家。熊二、熊三倒是在家，但也没听见哭的声音。人们都纳闷儿了。

熊老大那儿，信儿早就带去了的，人们说，许是他公务太忙了。又让舅老爷去乡政府找，找到熊大，正端杯茶跷着腿看报纸，见舅老爷来了，恍然大悟，说："我正疑惑咋没人来专程接我呢，敢情是俺自己老娘过世了呀。"才叫了车往家里赶。

家里熊二正和熊三说着话，熊二说："娘在世时最疼你熊三，你又最会哭，你先哭吧。"

熊三想哭，却怎么也哭不出声儿，越是急越是哭不出。大伙儿找不出原因，熊二这才灵机一动，塞给熊三一张百元大钞。一接过钱，"哇，苦命的娘呀……"熊三的泪水如喷泉一样涌了出来。

两小时后，熊三哭声戛然而止，熊二又递给熊三80元，说让他再哭两小时。熊三问道："咋只80元呀？""你4小时共200元，我按百分之十拿回扣呀。"熊二轻声说。

熊老太追悼会时间由熊二确定在八日上午八时八分开始，做乡长的熊大在追悼会上发言："各位领导，各位来宾，同志们，首先我代表我们一班人向各位的到来表示热烈的欢迎和衷心的感谢……"

英雄所见

县里召开各乡镇长会议,会议的主题是"如何招商引资"。散会时已是下午5点,乡镇长们一起到县政府机关食堂就餐。赵乡长匆匆扒上几口饭,对身旁的钱镇长说:"急呀,得把这次会议精神立刻贯彻下去,我这就赶回去召开乡领导班子会议。"

"英雄所见略同哟。我也顾不上吃饭了,就回去开会的。"钱镇长一本正经地说。

5点20分,县"野生王八"宾馆。钱镇长点的清蒸野王八刚上桌,正欲进食,却见坐在邻桌的赵乡长也正将筷子伸向面前的清蒸野王八。赵乡长的头一抬,目光正与钱镇长相遇,看着钱镇长面前的那个菜,他笑了笑,说:"英雄所见略……"

赵乡长是6点半去"芙蓉"按摩院的,刚想叫上漂亮的18号小姐去享受享受,却见18号小姐正将钱镇长送出房间。四目相对,钱镇长冷笑说:"英雄所见……"

晚上10时,钱镇长准时到了陈县长家门口,准备去向陈县长单独汇报汇报工作。正准备敲门,一个人影鬼鬼祟祟地贴了上来,不用细看,钱镇长就知道是赵乡长。两人一齐小声说道:"英雄……"

过了一年,穿着"黄马褂"的赵乡长和穿着"黄马褂"的钱镇长在县看守所相遇,两人正欲开口,却都笑了,都把那句话咽进了肚里:"英……"

捡到一部手机

都快到不惑之年,也还只是个小科员,我是个不走运的人哪。可偏是不走运的我,昨晚遇到件走运的事——捡到一部手机。昨晚,做了刑警队长的同学江海在市帝王酒家请我们同窗聚一聚,酒过三巡,不胜酒力的我卧在了就餐包间的沙发上,就在那沙发角里,我一眼就看到了那部手机。我拿起手机问大伙儿:"是谁的?"

"是你的吧,你骗谁?"大伙儿笑嘻嘻地说,也是醉态百出。

回到家的时候,我的酒已醒了,仔细地拿起那部手机,莹莹夜光下还闪亮闪亮的,最新款式,漂亮着哩。我也正想换部手机,这下是得来全不费功夫了。

一阵和弦铃声,播放着世界名曲《友谊地久天长》,我一惊,知道是那手机响了。稍微迟疑了一下,我还是接通了。

"你好,谢谢你捡到我的手机,你在哪儿,请把手机还给我,我情愿付5000元的报酬。"对方是个男中音,如机关枪一样一下说了这么多,不过语气很是诚恳。

"呃……好吧,不过这么晚了,还是明天联系,再还给你吧。"看着慢慢向我走近的老婆,我加快了语速,关了手机。这部手机买部新的也不过三千来元,他咋要出5000元呢,或许是想诈我吧。我心里七上八下的。

正想去冲澡，又是一阵和弦声，是"芝麻开门芝麻开门"的调儿，我一接，正想问是谁，对方先开口了："您好，赵局长，上次托您办的事，您办得怎么样了？只是送了您一件小古董，还满意吧？""嗯……嗯。"我不知如何是好，随意地应答着，慌忙挂了电话。

正准备冲向洗澡间，手机又响了，没有和弦声，却响起个女声："老公，想死你了。"我怕我老婆听见，忙又接通了手机，一个软绵绵的声音传进了耳朵："老公呀，你怎么还不来呀，人家等你等得心痛了好久好久哟。"可这分明不是赵局长夫人应该有的声音呀，我知道了是怎么回事，憋着鼻腔应道："好，我就来呀。"说完就挂了电话。

电话才挂，和弦铃音又响起，是"三大纪律八项要注意"的调儿，我一接，听到一顿劈头盖脸的骂声："你个赵八，到哪儿野去了，咋还不归窝，还记不记得家中的婆娘小儿？"敢情是赵局长的正宗夫人，我不敢回话，我只有挂了电话。又一阵和弦，响起了国歌"冒着敌人的炮火，前进前进！"我又一接，是个长者的声音："小赵呀，我是组织部老许，上次让你把你单位小王报个副局，你咋还没报呀，他是王副市长的侄子呢。""好的，好的。"我不知所措地答着，挂机后就关了手机，拿起换洗衣服冲进了洗澡间。

第二天早上，我醒来的时候已经8点多钟了。我猛然想起昨天的那部手机，却怎么也找不到了。"叮——"我的手机响了，是老婆的声音："林子呀，你在哪儿捡的一部手机呀？挺怪的，我将它交给了单位的老包。"老婆在市纪委上班，老包是市纪委书记。我一惊，这可怎么办呀？又一想，随它去吧，反正那赵局长也不知道我是谁。

过了不到十来天，我正在家里看书，在市工商局上班的侄儿小寒来我家玩，说了一件事："叔，你说怪不？我们局里的赵局长就不明不白地被撤了职，很好的一个局长。听说，撤职的原因就是因为他掉了一部手机呢。"

我一惊，书掉在了地上。

基本功

　　王梅晚上8点从县舞蹈中心学跳舞回到家的时候，丈夫林升正站在衣柜的大镜子前挤眉弄眼，挺专注的神情。王梅进屋时，他一点也没察觉。只见林升一会儿挤起脸上的肌肉，温文尔雅地笑着；一会儿又拉直了脸上的肌肉，阴云密布地板着脸。王梅心想，这是咋了，林升像得了神经病一般哩。她不由得故意咳了两声，林升回过头来，对她伸出右手，握住了她的右手，连声说："你好，王梅同志，欢迎欢迎。"王梅更是丈二和尚摸不着头脑，她空出的左手有力地揪住了林升的右耳朵："咋了个林副局长？今儿在忙活啥哩？"

　　林升回过了神，口里说道："练习练习，练习练习。"

　　王梅松了手，正想问个明白，做作业的儿子林冬拿着张试卷跑了过来递给王梅："妈，你看这是爸作为家长给我在试卷上签的字。"王梅一看，只见儿子试卷卷头签着六个行草杂体的字：同意开支，林升。字体苍劲不失秀美，端庄不失活泼，倒不像是林升以前的字了。

　　"你到底在练习个啥呀？"王梅指着林升问。

　　"梅子，你不是刚学会跳舞吗？你说学好跳舞的最关键是什么？"林升反问。

　　"是练好基本功呀。"

　　"我这不正是在练习基本功吗？"林升回答。

聪明的王梅笑了，说："你个猴林升，有了新变化，为什么不在第一时间向家里的领导汇报？"

"报告首长，县组织部汤部长已和我正式谈话，鄙人将由副局荣升为正局。成为局里的一把手，就得练习练习些基本功。比如要学会与人握手，要学会签条签文，要学会在摄像机前和善地微笑，要学会在有些人面前刻意板起面孔，基本功多着哩。只有一种基本功早已精熟，不用学了。"林升说。

"哪样基本功？"王梅不解。

"怕……老婆。"林升说完，躲到了儿子身后。

幺局长

幺局长不姓幺，这幺局长之名有点来历。一次，市人大张副主任来局里视察工作，酒席间戏言："我在市人大主任中排行是尾，你在局里局长排行也是最尾，我是人大幺主任，你是局里幺局长……"

从此，幺局长之名不胫而走，人们倒忘了他的真名实姓。

幺局长是我的一个远房表叔，他很会写文章，听说在市报上接二连三发了几十篇了，当然，给局长写报告更是河里的水鸭子——呱呱叫。我读中学时对他佩服得五体投地。但那时，他是局办公室副主任，每次我去他家串门，他总是在为局长准备着第二天的发言稿。我大学毕业分到局里工作那年，他成了副局长。严格意义上说，他是被选上的。那年，局里要增补一名副局长，局办公室王主任和局政工科刘科长颇有希望。王主任舅父的姨父是市委李副书记，而陈副市长是刘科长儿子的同学的老公。局里赵局长举棋不定，都是大菩萨，敢得罪谁呀？于是，在局里中层干部中来了个民主选举。结果当然是我远房表叔取胜。又有人对我玩笑说："你叔当成副局呀，打麻将是个名堂呢——你开杠我开花。"

管他是不是你开杠我开花，反正我表叔成了副局长，成了局里的幺局长。

但我从没见过幺局长的车，局里赵局长加上钱、孙、李三位副局，每人都有专车，分管财经的钱副局长曾拉着幺局长的手说："这段时间，局里经费吃紧,你将就着,我们四人的车有空闲时,你都可以调配。"可幺局长从没见过四人的车有过空闲。倒有一次赵局长拍着幺局长的肩膀说:"幺局呀,我看办公室王主任起草的发言稿就是不及你,以后有重要的发言还得劳你亲自动笔哟……"当然,幺局长也有露脸的时候,那就是每次开全局干部职工大会,肯定少不了幺局长在主席台就座,不过,幺局长总是坐在最角落的那个座位上,就是摄像机、照相机只能用余光扫射的那个位置。

就这样,远房表叔做着幺局长,一做就是十多年,如螺丝焊在铁板上一般一动没动,而局长是换了一茬又一茬。其间,我去找过他一次,央他为我下岗的老婆在局里找份临时工做做,他死活不答应。我送去的香烟和脑白金他一股脑儿退给了我乡下的老父亲。我心中愤愤不平:"咋个表叔?啥局长?做个幺局长,做了十多年还有意思么?"

去年五月,已过天命之年的幺局长终于有了管全面的机会,原因不是提拔,是赵、钱、孙、李四位正副局长要外出考察。幺局长代管全面,财经批条子方面把关特严,凡超过千元的报销,他总是说让赵局长回来再说。我去了趟省城回来,报销时多填了百余元的出租车车费,他硬是让我减下来之后才签字。"神气什么?你不过代管一个月嘛。"局里有人公开对他说。

六月一日,我正陪孩子参加儿童节庆祝活动,同事郝仁打来电话说,幺局长与考察回来的局长们吵起来了,吵的原因听说是要报销八万多元的考察费用,而幺局长不肯签字。"这咋不签呢?你胳膊拧得过大腿么?"我回电话时为幺局长直担心。第二天,我去局里上班,没听到局长们吵架的事,倒听见郝仁在办公室压低声音说:"局长考察团中了幺局长的空城计,五月份幺局长让市纪委、市审计局查了局里近几年的财经账,漏洞大着呢,四位考察团成员至少是撤职,甚至会判刑,一窝蛀虫啊。这下,幺局长理所当然成为一把手了。"

"可是,他已经向市委组织部上交了病休申请书了。"局办公室王主任说,"听说呀,我们的新局长将由市政府办公室周副主任来担任。"

过了两个月,我回老家去看父亲。看见么局长正和父亲在商量着怎样联手养殖黄鳝。

"么……"我正欲开口打招呼。

"么局长是吧,我不是啦。你周局长向我打电话咨询你的情况,正欲考察、提拔你为副局长哩。"

啊?我一惊,掐指一算,那我不也成了一个么局长?

铁饭碗

我生来一副官相，额宽脸阔，印堂发亮，红光满面，连头发根也常常抖擞着精神。可是，读小学、读中学，直到我读完一所本市的三流大学，连个小组长也没有当过。不过，我大学毕业时赶上了国家分配政策的末班车，而且分到了市政府机关。这"铁饭碗"着实让我的不少同学眼红，其实他们是不知道我在这里的苦恼呀。在这儿上班，你的屁股后头没根得力的"撑棍"，那就注定你玩栽。你看我上班十多年了，进机关是一个办事员，如今是办事员一个，真个是"流水的官，铁打的兵"了。有点变化的是我的头更大，腰更粗，印堂更亮，更有官样儿了。

我想就这样安逸点过生活，能养活老婆孩子，也还有点结余。平日里，我的生活费基本不用开支，怎么开支的，在机关里做过事的人肯定知道。但是，我安逸的生活就要有波浪了。这几天正在进行机关裁员大行动。昨天，办公室王主任找我谈话，我心里有数，知道这次"分流"出去的有一百多人，没有我才怪。听说每人还有几万元的清算款，我还能说什么呢？

就在上午快下班的时候，分流"黑名单"就贴在办公楼前，我当然是榜上有名。腰里夹着公文包，我无精打采地走出了市政府机关大院。走着走着，我一看，我的双腿还是不由自主地迈进了帝王酒楼，这是我在上班时有事没事常去的地方。正是吃午饭的时间，酒楼里人来人往，煞是热闹。我一看，知道是一次大型会议之后的进餐时候。站在餐厅门口，我正想抬腿往回走，却被人叫住了："先生，你不就餐了再走吗？"

"好……好吧。"我随口应道，只好迈着步子走进了饭厅。与会人员有一句没一句地谈着。我忙找了个靠边的桌子，坐了下来。我听他们谈论着这次会议的纪念品，说一人一件衬衫，还算有档次。一会儿饭菜上桌，我忙不迭地吃起来，生怕别人发现似的。

"男人哩，不喝点酒？"坐在我旁边的快五十岁的参会人说。

"不啦，我不会喝。"我说着，丢下了碗筷，又说着还有事，逃离似的出了饭厅。饭厅门口，一个服务小姐恭敬地递过一个纸盒，纸盒里放着一件衬衫。我接过衬衫，快步走出了帝王酒楼。

回到家，我想告诉老婆我被分流了，但话到口边又咽了进去。老婆单位不景气，但老婆脾气特火气。如果我把这不好的消息告诉她，不知会是个什么样子呢？

第二天，不知为什么，我照样按去上班的时间起床。头发梳得油光发亮，准备去上班。走到市政府机关大院门时才想起我已经不必进去上班了。我正踌躇着不知去做点什么才好时，旁边的一个电话声音飘进了我的耳朵："……今天上午9点在市迎宾饭店召开银鑫集团10周年庆典仪式，我们请您参加呀……"我猜想这电话肯定是打给某位领导的。我反正无所事事，去去也无妨。坐个的士花了6元钱就到了，一进门，我就被服务小姐领进了会议室。会议的规模很大，省里的领导也来了。但是会议纪律却不是怎么好，主席台上在讲话，会场下面也在讲话。会议结束时，与会者正纳闷这次会议纪念品怎么还没看到时，服务人员每人发了个小袋。我偷偷拆开一看，是3张"老人头"。正在惊喜时，坐在我耳边一老总模样的人用胳膊碰了碰我，递过一张名片说："先生，请交流交流。"我慌了，我哪有名片呀，但我毕竟还见过世面，忙说："对不住了，老板，我忘带名片了，我会与您多联系的。"说着双手接过人家的名片……

以后的日子，我起床后，最先想要做的事就是去打听哪儿有会议或者庆典，档次越高越好。不过，我先还得去订制名片。名片做个什么头衔好呢？想来想去，我就多做几份吧，一个市政府的小官员，一个大企业老总，一个科技工作者。这样，有什么会议，我就用什么名片，真是万无一失呀。

上个月，我参加在市豪杰宾馆举行的科技成果汇报会，那科技成果叫什么名我也忘了，因为我懒得去记。我递过"科技工作者"名片领了一支高级钢笔的纪念品后，被人拉住了，我以为是露馅儿了，谁知那人却说："科学家呀，一会儿你得在大会发言呀……"果然，开会时大会上叫了我的名字，我也便口若悬河地说起来，无非就是吹嘘他的科技成果一番吧。

我想我真找到我认为理想的工作了，因为时不时有"红包"，便能按时按数向老婆上交工资，又因为隔三差五地就有纪念品带回去，更讨得家中老婆一阵高兴。可是，前天我带回一条领带纪念品时，老婆却嚷开了："听人说你是不是让人给分流了？"我忙接过话茬理直气壮地说："我让人分流？那咋能向你上交工资？还会有纪念品？"老婆哑口无言，事实就摆在这儿嘛。

不过，我也在寻思，我这"铁饭碗"想要长久一些呀，还得再找路子。当官的不是讲调动么？我下个月就到邻近的洪林市去闯闯，对老婆说声去出差，其实是自己将自己调到洪林市工作哩。有了这"铁饭碗"，还愁没有钱和纪念品？

我是门卫我怕谁

刚进腊月，张副局长就叮嘱局机关宿舍门卫老李头："这快大过年的，人人都图个平安，您老这两个月可得仔细点，凡进出机关宿舍的车、人都要进行仔细登记，登记表每一周按时交给我。"看着张副局长严肃的表情，老李头鸡啄米似的点头点个不停："是，是的，您看我在您这儿看门十多年了，哪儿出了问题？"接过登记表，老李头惊讶，今年这登记表可详细着，竟然包括除"姓名"外的"车牌号码、所带何物、进入几单元几楼"等栏目。"门卫呀，就得像足球守门员一样认真负责，今年我仔细点填写就是了。"老李头心里琢磨。

正月里上班不过十来人，老李头觉得有点蹊跷：王局长咋就不见他上班下班哩？问过几个人，都说："王局前几天就进了检察院。你咋还装？不是你干的好事吗？"老李头越想越糊涂：王局长进检察院，咋是我干的好事？还是常和老李头喝酒的老朱道破了机关："不是你？你春节前后不是每天仔细地填过来客登记表吗？"

张副局成了张正局，脸上的肌肉越绷越紧，表情越来越严肃，也不再来老李头这儿坐坐了。不过，老李头还是听到了有人说："张局曾在局党委会上说，这机关宿舍也就那几户人家，还设个门卫，每年增加了局里的负担几千元，建议撤销算了。倒有人劝阻说，机关宿舍没个人开门关门也不行。张局说，明年坚决撤掉，老李头就让他回家去享享清福还好些。"

又是正月上班，局里坚决要撤销门房，租给人开间小卖部。有人找老李头谈话："年岁大了，回家享享清福。"老李头一言不发。

才两日，张局被带进了检察院。

有人说，老李头拿着春节来人登记表前天走进了检察院，出来后骑着辆破车，哼着走调儿的京腔回到了他的家。

布　鞋

匡老太爷有个特点，那就是特别钟情于布鞋。

几十年前，匡老太爷还被人叫着旺娃子的时候，他家里穷，裤子都没得穿，平常时候就只得赤脚了。只有到了严寒的冬日，母亲才拿出双能露出脚趾头的布鞋，给他哆嗦着的一双脚套上。那个年月，真正拥有一双温暖的布鞋，成了匡旺娃最奢侈的渴望。后来，进了部队，上面发鞋，有军用鞋，也有布鞋。匡旺娃最喜欢布鞋，除了部队训练和执行任务外，他都穿着双圆头布鞋。转业到地方教育局，第二年，人家介绍了个女朋友，匡旺娃第一句话就问："会做布鞋吗？"女孩点了点头。一点头就成了今天的匡大妈。几年后，匡旺娃成了匡局长的时候，他还是喜欢布鞋，尤其是那种黑色的圆头布鞋。除了上级领导来教育局，其他时候，他总穿着双圆头布鞋。每年，他都会让匡大妈给他做一双新布鞋，这成了家里不成文的规定。接着有了儿子匡为民，他一句话批示：按我的规定执行。这样，得穿布鞋也成了儿子匡为民必须做的事。匡为民读大学时，仍然穿着一双布鞋上课。他的一双布鞋成了大学校园里的一个独特风景。儿子参加工作，谈了女朋友，老匡递过去一句话："她会穿布鞋吗？"有了孙子匡小丁，老匡又说："得让兔崽子穿布鞋。"于是，每年必须给每人做一双布鞋，成了匡大妈的首要任务。先前，老两口和儿子三口之家一起住，匡老太爷在家里发话："回家就换布鞋吧，穿布鞋比穿皮鞋好。"后来，儿子工作的财政局分了房子，分开住了，匡老太爷拉住儿子匡为民的手说："你们三人回我这儿时最好穿布鞋。"

六年前，做教育局局长做了二十多年的匡老太爷退休了。退休后的第一句是："我可以天天穿布鞋了。"三年前，儿子匡为民成了财政局局长，在儿子走马上任的第一天，匡老太爷向儿子办公室打进了第一个电话："要记得穿布鞋，至少下班后在家里得穿……"

可是，在上个月，一向不生气、不发脾气的匡老太爷居然生气，居然大发雷霆了。生气发脾气的原因当然与布鞋有关。已经快半年了，儿子一家从没来这儿看看匡老太爷。老太爷叫上匡大妈去了儿子家，只有孙子小丁一人在家。匡老太爷一进儿子家门，急忙找布鞋，准备对儿子一家穿布鞋这一工作情况进行检查。可鞋架上居然没有一双布鞋。孙子小丁对着储藏室努了努嘴，老太爷打开储藏室，看到了满地的名贵烟酒。同时，在角落里，看到了匡大妈亲手做的十多双布鞋，都布满了灰尘，用手一拍，全是崭新的。

一生气一发脾气，匡老太爷就病倒了。从儿子家一回来的那晚，他就倒在了床上。匡大妈劝他去看医生，他不去。儿子匡为民开着小车来准备送老太爷去医院，被老太爷骂了回去。

上周一，匡为民刚上班，就被检察院反贪局工作人员带走了。听到这一消息，匡老太爷马上从床上坐了起来，眼睛直愣愣的。昨天，匡老太爷去看守所探望儿子，托人带进去一小包东西，儿子匡为民打开一看——一双布鞋。

儿子泪流满面。

大　师

　　小街在小城的东南角。小街虽小，名气却大。小街有一个好听的名字——梅竹街。正所谓山不在高，有仙则名；街不在大，有仙亦名。小街之仙何在？东头的一位会画梅，人称梅大师；西头的一位会画竹，人称竹大师。小城人称作二位"大师"也是很有些年头了。两位大师卖画为生，一个画梅，一个画竹，养家糊口，聊以度日。

　　有人要在厅堂挂幅"梅"图，自然会去找东头的梅大师。梅大师须发皆白，颇有仙风道骨。所画之梅，如在冬日，来一场大雪，就要活了哩。比之"疏影横斜水清浅，暗香浮动月黄昏"的林逋恐怕差无毫厘。有人要在书房来一幅"竹"图，当然是找西头的竹大师。竹大师青衣小帽，须发如铜丝，根根坚硬。所画之竹，如在夏夜，来一阵清风，就会听见竹林萧萧之声了。比之"咬定青山不放松，任尔东西南北风"的郑板桥，望其项背足矣。

　　偏偏，来了个异乡客，说是家中儿子大喜之庆，既要竹，又要梅。他跑到东头的梅大师那儿求画"竹"，跑到西边的竹大师那儿求画"梅"。说好第二日取画。第二天，异乡客在东头的梅大师那儿取了"竹"画之后，来到西头的竹大师处取"梅"画。

　　我不会画梅。竹大师说。

　　顿时，一个消息传遍了小城：梅大师既会画梅，亦会画竹，乃真正的大师；竹大师只会画竹，何以称大师？

过了一月，有人去求西头的竹大师画一竿竹子，却见大门紧闭。

许是生意清冷，闭门而去了。有人猜道。

有好事者推开了竹大师的大门。屋内空荡，早已离家而走。偏偏，厅堂之上挂两幅图，一幅"清竹图"，一幅"寒梅图"，落款处皆署名"梅山仙人"。看那幅"寒梅图"，一枝梅花凌寒独放，精神抖擞，雪般晶莹，人居其室，似闻其香，几浸肌骨。

人们叫来东头梅大师。梅大师进门不语，足足看了两个时辰，仍旧一言不发。之后，一声不响地离开。

第二日，再有人去找梅大师画"梅"，已人去楼空。邻人说，梅大师连夜毁了许多画梅之作，不想今日却不见了人。

后来，小街又出了几位画师，但没有一人敢画竹画梅的。倒是这梅竹街的名儿却传了下来。

人生的枣树

那天天晴得毒，没有一丝风，四处下着火似的。而我——一个小报记者，正行走在田间小道，准备去完成我的采访任务。我实在受不了太阳的暴晒，口渴得冒烟似的。我走进了一户农家小院。

小院主人瘦，也黑，正在侍弄着院里的一株枣树。我看到他并不是给它浇水、施肥，而是拿着一把镰刀，赌气似的砍着树干。

"这树长在这儿不好么？"我问。我疑心他的审美观了，担心他准备砍掉这棵树。

"这树好呀。"他咧开嘴笑着说。

"那干吗砍掉？"我又问。

他笑得更厉害，说道："读书人，我这不是在砍树哩。我是为了让秋天里有甜甜的枣儿呢。"

我更加迷惑了。他手中的镰刀分明让枣树干伤痕累累，又怎么是让它结枣呢？他又说："就是枣树干受伤的缘故，枣树叶便不再那么茂盛，枣儿才能吸收更多的养分，才长得更大、更甜。"

我恍然大悟。哦，枣树只有受了伤后，才会有又大又甜的枣儿。人呢，不也是这样吗？

人的一生不可能一帆风顺。我们人生的枣树上何尝没有过伤痕呢？一次失败，一回跌倒，一段苦难，这又算得了什么？不就是我们人生的枣树上的一道伤痕。这道伤痕，不应该是你萎靡不振的导火索，而应该是你奋力向前的兴奋剂。为你的人生增添无穷的力量！跌倒了爬起，失败了重来，苦难中寻找快乐，你也许就是又一个荷马、又一个海伦·凯勒！

  喝了一口水，我没再歇息，赶忙上路了。因为，那毒辣的太阳根本算不了什么了。

酒　神

　　王五会酿酒，方圆五六里的利沙县城里妇孺皆知。王五隔上三五天就会酿一缸酒，酿酒的那几天，整个小县城一片酒香，人们像浸泡在酒缸里一般，满身的酒味，满口的酒气。闻着特香，特爽，特来劲儿，人们常说。

　　王五酿的酒没有名儿，人说"酒好不怕巷子深"，确实，他的酒没有酿成，常常早有人预付了酒钱。王五酿酒赚钱，赚了钱，就再酿酒。屋前屋后摆满了几百只酒缸。王五四十挂零了，居然没有娶老婆。

　　酒就是俺老婆。王五说。

　　俺是酒神。王五又说。

　　会酿酒就能叫酒神了？张三李四大叫，那俺们能种地的就叫地神了？

　　王五一下子来了劲儿，说，你们牵只狗来试一试。

　　张三牵来了只公狗，让它喝酒，它舔了舔不喝了。便灌，灌了一小杯，狗汪汪地叫，跑开了。遇见只母狗就伏了上去，做起了快活事。李四正吃饭，一顿饭吃完了，公狗的事儿还没做完。

　　有劲儿吧。王五咧咧大笑。说着分别倒了碗酒让张三李四拿回去喝。

　　这是俺祖传秘方，喝了，晚上会让你老婆告饶的。王五又笑。

　　王五酿酒不知酿了多少缸，但人们从没见过他喝酒。

　　他喝过呀，小子十几岁的时候，俺见过他一气儿喝过两大碗酒。年近八旬的赵八爷说。

时间到了1938年的夏天，小小的鲜红的太阳旗飘进了利沙县城。偌大的县城，人一下子全跑光了。张三李四拉着王五，说，快跑，王五不动，说，俺要守住俺老婆。

哟西，好酒的送来。驻利沙县城的日军小队长龟田大叫。马上就有李跛子传话给王五：限三日内送三缸好酒到日军司令部。

才第二天，王五便赶着牛车，给日军司令部送来了三缸酒。

你的，先喝。龟田指着王五说。

王五拿起小酒碗，在一口大缸里分别舀了一碗，一一饮尽。

哟西，你的良民。龟田哇哇叫起来。马上叫来司令部的八十多个日本鬼子，开怀畅饮。

对利沙县境内的程集古镇的突然洗劫是第二天。龟田带着八十多个鬼子，挥舞着刀枪，开着嘟嘟响的三轮摩托驶进了程集古镇。一阵烧杀抢掠之后，还押回了四十多个妇女。

鬼子们一字儿摆开，脱了衣裤，才感觉下身的器物站不起来。一个个如猛兽般号叫起来。被抓的女人一个个快速逃跑了。

太君，估计是酒的问题，要问王五。李跛子对龟田说。龟田带着鬼子们急忙赶到王五家门口。哪里还有王五的人影儿，只有他屋前屋的几百只酒缸。

全部的将酒缸的砸破。龟田对鬼子们下令。

咣当咣当，鬼子们迅速行动，砸起酒缸。酒，肆意地流动着。猛然，一串火苗跃起，几百缸的酒全部燃烧起来。鬼子们全部被困在了燃烧的酒的火海之中。

后来，张三李四是在一堆烧焦的鬼子尸体二十多米的地方找到王五的尸体的，他的尸体也被烧得半焦。

他给鬼子们喝的是什么酒呢？两人满脸狐疑地看着赵八爷。赵八爷从衣兜里缓缓拿出一张皱巴巴的纸：王氏祖传秘制酒，可滋阴补阳……

这是王五上个月送给老朽的，说担心王氏祖传秘制酒失传。赵八爷说。

真是个酒神了。张三李四泪流满面。

乌台汉子

湖州太守庭院。锣声震天，御史台士兵分立两旁，白衣黑巾，眼珠子闪烁着刺人的光。

室内，四十多岁的汉子早就知道这来者不善了。他蹙了蹙浓黑的双眉，一把拽过身边的通判官说："我是着官衣，还是便装？"

"太守并无大恙，理应着官衣。"通判官回禀，小心地缩了缩头。

穿好官衣，戴好官帽，拿好笏板，缓缓而行，立于庭中。面向官差，汉子面无惧色，一身凛然。

"臣知多方开罪朝廷，必属死罪无疑。死不足惜，但请容臣与家人一别。"汉子先开了口。

"并不如此严重。"皇差皇甫遵回应，脸颊上似乎洋溢着丝微的笑意。立即传示公文："免苏轼湖州太守职，即刻进京。"

汉子得以归看家人，家人放声大哭。家人没有理由不哭，这一别，也许就是永别了。汉子提起书桌上的毛笔，刷刷刷，赋诗一首递与夫人：

> 更休落魄贪杯酒，且莫猖狂爱咏诗。
> 今日捉将官里去，这回断送老头皮。

夫人破涕为笑。

入乌台，即入狱。

有人表奏圣上："……湖州苏轼上表赋诗，皆讥切时事之言。……立斩为上……"

又呈诗百余首，从汉子朋友三十九人手中搜得。

一百多首诗，摆在了主审官们的面前。主审官们口口声声问罪，可面对这百多首诗，面面相觑。诗词措辞精练，用典甚多，如何取证？

于是，每日，主审官上坐，汉子下坐。

汉子口若悬河，滔滔不绝，对百多首诗一一诠释。引经据典，好不快活！

这时的汉子，对百多首诗词有了最经典的阐述分析；这时的汉子，成了最优秀的诗词评注家。

那"根到九泉无曲处，世间唯有蛰龙知"两句诗，应该说有龙在天，不应当说在九泉地下呀！主审官们发现了新大陆一样反问。

汉子，依然被关进了牢房。

送饭，是儿子分内的事。汉子与儿子约定：送蔬菜和肉表示平安，送鱼则有了坏消息。一日，儿子去借钱，托友人相送，友人不知情，送熏鱼一碗。汉子一惊，急忙写诗两首，相与诀别。一首与弟，托以子女；一首寄与皇上，感恩图报。不料，诗为狱卒所获，呈与皇上。龙颜微笑："这个东坡呵……"

四十多天后，汉子出了乌台。

他嗅了嗅清新的空气，感觉到了脸上的快乐。在喜鹊吱吱喳喳的啼叫中，又赋诗一首：

平生文字为吾累，此去声名不厌低。
塞上纵归他日马，城东不斗少年鸡。

他又诗如泉涌了……

书 魂

嘉庆年间。

宁波知府邱铁卿府内张灯结彩，好一派喜庆气氛。大红灯笼高高挂起，大红新娘子钱绣云就要出嫁。

"绣云侄女，你可再予定夺啊，你嫁的只是个秀才，人家王中堂的二公子其实早就对你的才华仰慕至极，早就托人来说过媒，你如今悔婚也来得及的。"老知府叫住了即将跨上花轿的新娘子钱绣云。她是他的内侄女，自小由他抚养大，喜事便也在邱府办。

"您多虑了。侄女早已定夺，别无更改。"大红盖头里传出了几句话。

几串震天响的鞭炮，将钱绣云送进了范府。范家秀才范邦柱早在门口迎住了。

"好嘞，范家娶进了个大才女哩。"嚼着喜糖的客人们恭贺道。

夜半客散，范邦柱回新房，哪还有才女新娘的影子？红红的盖头孤独地躺在床边，无精打采的新娘嫁衣也横在了枕边。人呢？范秀才正想高声来问。

"抓贼啦。"先是一声叫，接着是震天动地的吵闹声。

声音是从天一阁方向传来的。天一阁是先祖范钦所创藏书阁，老人取"天一生水"中以水制火之意，将藏书阁取名"天一阁"。

贼被带进了范府中堂，是一个瘦瘦的女子，一袭黑衣里掩不住俊俏的脸庞。

咋是新娘子钱绣云哩？百十人惊诧不已。

"成了范家媳妇，咋不能进'天一阁'？"瘦瘦的女子说，声音低低的。

"传范邦柱！"范氏长兄范邦国手执家法，在中堂传话，威风凛凛。

新郎装未让卸去，与自揭盖头的钱绣云双双跪在了堂下。有人展开了一幅画像，画中老人峨冠长髯，慈眉中透着威严。是先祖范钦像。

长兄范邦国宏声宣读：

"不肖子孙范邦柱媳妇钱氏，身为女子之身，私闯天一阁，谓之不尊不孝，赐家法三十。"

啪，啪……重重的家法敲在钱绣云身上，敲伤了她一颗沉重而失落的心。

进不了天一阁读书，那就听进了天一阁的范邦柱回家来背书给她听。钱绣云想。每个月的初三，是范家子孙上天一阁读书的日子。这时，钱绣云总是会起个大早，伺候夫君出门，目送夫君进入天一阁。

她盼着每个月的初三到来，她更盼着有一天自己能进入这天一阁读书，哪怕只是一个时辰也好。

范邦柱从天一阁回房，给她讲先祖范钦的《长相思》、《夏日湖上十首》等诗篇，给她讲徐渭的诗画卷《白燕诗》，她的心便飞到了天一阁。她兴奋，她嫉妒，她痛恨。

又是一个月的初三。钱绣云照例起了个早，照例目送范邦柱进了天一阁。一阵风来，她感觉不能站立了，如风一般倒在了天一阁旁。

范邦柱下了天一阁来到她身边时，她已不能说话。

她只是用手指了指天一阁，便咽气了。

几天后，天一阁边立了座坟，坟前墓碑上只写了一个字：魂。

有家丁说，每月逢初三的夜晚，常听见人在天一阁上翻书的声响。

神秘的贼

不大不小的一座城，城里有一座不大不小的博物馆，博物馆里却有着一件价值连城的宝贝——天地人宝鼎。据说，这座城多年前是个诸侯国的国都，历史可以追溯到殷商时期。前些年，天地人宝鼎在市郊出土的时候，不只是省级、国家级媒体隆重报道，连海外好多电视台、报纸也予以了大篇幅地推介。城里的人们，总是以宝鼎为荣，见到亲友就会说："天地人宝鼎，那是咱们的荣耀哩。"那神情，比用两元钱中了五百万还要自豪。这座城，也因了这宝鼎而闻名。

偏偏，这价值连城的宝鼎在一个月黑风高的夜晚不翼而飞了。说它不翼而飞，因为博物馆的门窗是毫发未损，根本不见被撬的痕迹。而当晚值班的两名工作人员，听说当晚也睡在值班室，并没有脱岗，而且说，没有听到丁点动静。这一消息第二天一传出，就像长了翅膀一样，飞遍了城里的角角落落。整座小城，更像个沸腾了的油锅，翻滚翻滚，人们都说这下有好戏看了。

市长亲自过问此事，责令市公安局不惜任何代价一定破案，将宝鼎追回。市公安局五十多岁的王行局长亲自带领刑侦队开始调查。老局长对两个值班人员——李军和肖大明——又是一番盘查。瘦瘦的李军是从部队转业进博物馆上班的，当年从越南战场的死人堆里爬出来的，平时最恨那些盗贼。去年，在宿舍区一个晚上居然独自抓获了三个小偷。李军反问了老局长一句:"您这下还会怀疑我吗?"矮个儿的肖大明年轻一点,脾气也火暴一些,老局长一开口,他就接过了话茬:"我要是偷了这宝贝呀,会遭天打雷劈的。我要是抓住了这贼呀,我一定将他打个半死……"闹得老局长也不好再说什么了。

但是案子还是得破,市长又下了道命令,将这座城翻个底儿朝天,也要将贼抓住。一周内不破案,请公安局长自动免职。老局长说免职的事小,但追不回宝鼎的事那真是大了。因为案发当时就已经堵住了周边县市的出口,所以老局长果断下命令,借用周边县市警力,对各自辖区进行地毯式搜查。

就在地毯式搜查的命令发布的第二天,市博物馆打来电话:"天地人宝鼎已经稳稳当当地放在了原处,不必再查了。"

有人怀疑那是赝品,市里马上请来了文物鉴定专家,一鉴定,百分之百的正品。老局长就疑惑了:是谁偷走了宝鼎?为什么又归还了?有刑警就说:"怕是那贼慑于这搜查的天网,只好主动还了回来。"老局长仍然摇头,于是又亲自到博物馆走了一遭,宝鼎端端正正地立着,门窗依然是毫发未损。老局长对值班的肖大明说了声:"我想摸下宝鼎。"便取出了宝鼎,手往宝鼎内一伸,摸出了张字条:我照样可以再来一次!

老局长一惊,将纸条紧紧地攥在了手心里。老局长一回到公安局,就向市长写了辞职报告。市长说:"你破案了呀,你是个称职的公安局长,还是干到退休吧。"老局长不依,说:"我不是个称职的公安局长啊,我辞职之前,向您请求,市里以后要对博物馆多些保卫措施……"

不再做公安局长的老王仍然喜欢往博物馆跑,他在天地人宝鼎的那间屋子总爱东摸摸,西敲敲,有人看见,他用指头敲过墙角的那块地砖,不止一次。于是,就有人去敲那块地砖,咚咚咚的,空心一般。

空 地

老王家后有个院子，院子大，足足有一百多平方米，倒显得老王家的两层楼房小了许多。说是大院子，其实也就是块空地吧。偌大的院子，除了老伴偶尔随意撒播南瓜籽或种点蒜苗呀什么的，再就是搬个大椅子或坐或卧的老王了。

十多年前，老王还没有老的时候，一家从城东搬到了这儿，也就有了这个大地盘。当年掏尽衣袋的钱才砌了这楼房，那屋后的空地也便只能随它空着了。周围邻居不多，但这杂草丛生的一块地里似乎什么小动物都有。那时，八九岁的儿子王小便常把这儿当作自己的乐园，有如鲁迅先生的百草园一般，捉蛐蛐，逮青蛙，好是快乐。偶尔，也有被水蛇吓得号啕大哭的时候。后来，老王在屋后按最初的台基面积砌了三面墙，这才叫做了院子。儿子王小，也已人长树大，非常懂事了。

可谓斗转星移，去年，新城区开发转移到了老王的屋前屋后，不过还好，老王的房子不属拆迁对象，而刚好在紧贴院子外头建了一个大市场。于是，有人将目光瞄准了老王屋后的大院子。想买去，一口价三十六万。

"您真是天上掉馅饼了。"不少人对老王羡慕不已地说。

"爸，就卖了吧。"儿子王小说，两只小眼睛紧盯着他爸。

"他爸，卖了吧，你看王小没个正当职业，卖了这地也算给儿子点家产吧。"老伴轻言慢语。

可老王总是不言不语，脸上布满了乌云。一次吃饭的时候，儿子又提到了这事，"爸，人家出五十四万了，卖了算了。"

啪，老王猛地将手中的酒杯向地上一摔，说："谁也不准再提这卖地的事儿，一百万也甭卖。"

一家人都不作声了。儿子王小真怀疑爸爸得了什么病似的，盯着看了几眼，快快地走开了。老王呢，每天饭后，总是搬来那大椅子，往院子中间一横，躺着听那部从地摊上淘来的小收音机里放出的咿咿呀呀的京剧，着了迷似的。有时，老伴的丝瓜得搭架了，他倒是笑吟吟地跑拢去忙前忙后。来了兴趣，自己也开始养花，一盆，两盆，十多盆。他养花的技术并不好，养着十来盆，养好的也不过二三盆，但老王总是乐呵呵的。

这些天，老王得把院子拾掇拾掇了，因为过几天就是儿子王小大喜的日子了。儿子眨眼就快三十了，谈了一个连的女朋友，就没一人进他王家的门。一是王小没职业，二说是"怕"这做爸的老王。还好，眼下就要娶媳妇了。老王其实也愁了些日子的，那就是因为家里没啥钱给儿子结婚用。儿子那几天在家里拍桌子摔碗，老王只当没听见，老伴只得好言安慰。不过，儿子王小这几天还不错，忙着购置结婚用品，满脸堆着笑。那就要过门的儿媳也甜甜地叫着"爸"，像漂亮了许多。老王就是不明白，如今的年轻人咋那费事？为啥非得买这电器那电器堆得屋子里满满的？他地不去管，老伴下命令说有她一个人操心就行。

儿子王小的婚礼办得热闹，大气，有排场，连老王心里也觉得趾高气扬了。前来喝喜酒的同事老丁开玩笑：怕是要恭喜你老王今年有孙子抱哩。老王当天喝儿子的酒，是喝了一杯又一杯。可老王的酒还没醒，屋子后头的挖土机响声倒把他的酒给震没了。有人开着挖土机就要进到他家的院子，院墙已经给掀翻了。

老王一骨碌跑到后院，大声骂道："狗日的，咋拆我院墙？"夹着个公文包老板模样的人，见了老王，一声不吭地递给老王个红本本，老王一看，是土地证。老王立马明白了是怎么回事。老伴低声道："儿子没钱结婚，你说咋办？你不想早些抱孙子么？是我做主卖了这院子，卖了六十八万，挺划算的，不卖，空着也是空着……"儿子王小也低着头。

老王一拍屁股，关进了自己的房间。

在那块院子的地上，建起了一个小型日用品超市。

老王仍旧不出门，只是喝酒。当年腊月，儿子王小得了儿子，办喜酒，老王喝得酩酊大醉，一会儿大哭，一会儿大笑。

有人说，老王怕是疯了。

"你们才是疯了！"老王大声地说，一抬手，把桌子掀了个底儿朝天。

买了一顶强盗帽

现在的人就爱好流行的东西，小到一支钢笔，大到楼房、轿车，甚至整座城市的设计，都追求流行。刘形也是三十好几的人了，也爱这流行。但手里没权没钱，追求那流行的时装、包养那流行的"二奶"是癞蛤蟆想吃天鹅肉了。上星期，自己想买一双流行的"耐克"鞋，一看价位，688元，忙不迭地离开了。偏偏，今年冬天刚到，这座小城竟然开始流行一件价廉物美的东西——强盗帽。不到三天，小城里，人们，尤其是男人和小孩都戴上了那流行的强盗帽。

戴上那只露出两只眼睛的强盗帽，倒真别有一番意思。个儿胖点的一戴，像只猩猩，憨态可掬。瘦高个儿戴上强盗帽，像只猴子，也有喜气。更有趣的是，戴上强盗帽，可以过过强盗瘾。这不，刘形戴了强盗帽，一进办公室，就大喝一声："不许动，把口袋里的钱拿出来，双手抱头蹲下！"立竿见影，没有一个人反对，连平日严肃的王主任也抱头蹲下了，吓得办公室小姑娘李丽快哭时，刘形哈哈大笑取下了强盗帽。大伙儿这才知道是虚惊一场，半真半假地把刘形骂开了。

下班回家，走在路上，刘形想：我得回去吓吓家中的老婆，平日你压迫我太厉害，咱这回也得借"帽"发疯一回。正走着，刘形感觉有人拿着把刀子样的硬东西抵住了自己的腰，低声吼道："交出手机，交出现金……"刘形回头一看，是两个戴着强盗帽的家伙，刘形想，肯定就是哪两个熟识的哥们儿想玩玩，玩玩就玩玩呗，从口袋里摸出了钱包，连同手机一块交给了来人。那两人拿了钱包和手机立马飞奔而去，刘形大叫："哥们儿，别玩了，还给我吧。"一面去追，哪里还追得着？他这才感觉到是真上当了，遇到真正的强盗了。怎么办呢？只得认倒霉吧，谁让自己没戴上强盗帽呢。

想着想着，刘形真掏出了衣袋里的强盗帽，戴到了头上，他还真担心再有真强盗来抢劫他内衣口袋里的一千多元钱。就快到家门口，刘形准备取下头上的强盗帽，两个警察走了过来，叫过刘形："请随我们到公安局走一趟。"

"为什么？"刘形马上问道。

"市东区建设银行上午被抢劫，作案者就是两个头戴强盗帽的男子，请你接受调查。"一名警察说。刘形可真觉得冤了，刚才被"强盗帽"抢走手机和钱包还没有报案，这下自己反而成了抢劫犯了。他想，去公安局就去吧，正好也说说我的案情。

到了市公安局，经过近半小时的繁琐的笔录之后，警察要求刘形拿出上午没有到过东区建设银行的证据。刘形忙打电话让办公室王主任和李丽迅速赶来这里，来为他洗去冤情。等了快两个小时，王主任和李丽才匆匆赶到。刘形这才松了一口气，他又简短地说了一下自己被抢劫的经过，让警察记下。警察说一有结果会及时通知他的。刘形只想快点离开这是非之地，也不知警察还在啰嗦什么，忙和王主任、李丽离开了公安局。

回到家，刘形一进门又被个"强盗帽"从后面用刀子样的硬东西抵住了，刘形心想，这下完了，今天怎么这么倒霉呀。"哈哈……"随着一串笑声，刘形才知道是他8岁的儿子刘心。刘心戴着强盗帽，拿着根木棍，边笑边跳着："爸爸怕我喽，爸爸让我逮住啰。"刘形回过神来，一把揪住了儿子的耳朵："我让你逮，让你逮……"儿子哭了："人家只是玩也不行吗？你不是也有顶强盗帽吗？"

"我说不行就不行！"刘形吼道，说着拎过儿子的强盗帽，连同自己那顶，一同扔进了垃圾桶。

都是签名惹的祸

刘大为今儿上省城遇到件天大的喜事。天大的喜事不是"洞房花烛夜",也不是"金榜题名时",说起来,倒和"名"有点关系。啥喜事?他发现了一家"形象签名设计"的小摊,摊主是个很有艺术气质的小伙儿,一条马尾辫子垂到了屁股,就是美术学院毕业生的那种特质。

"老板,要设计签名么?好的签名就代表着个人形象呢,咱替你全程包办,设计费用只收10元,平民价格。"美院小伙嚷道。不少人围了上去,看小伙设计的签名。摆出的样品中有不少伟人明星的签名,都是那小伙设计的。刘大为特别地看了"刘德华"的签名设计,那"华"字的最后一竖,刚劲有力,像一把利剑,遒劲不失锋芒。刘大为的心蠢蠢欲动,自己虽说也是个大学毕业,而今也还成了个小科长,也少不了有签名的时候,可总觉得自己签名没有个性。第一次领工资时签名,老同学王兵戏谑道:"咋了?大学生的签名像小学生呢。"刘大为恨不得钻了地洞。和陈梅去登记结婚时签名,陈梅更是直言不讳:"你的签名就如女孩子写的字一样,没有一点劲儿。"他只有把苦水咽进肚里。他早就想请人为自己设计签名了,今天看来是得来全不费功夫呀,何况只要10元钱哩。

"帮我设计一个吧,姓名刘大为。"刘大为说道,声宏嗓大。

"刘大为,大有作为呀,刘老板。"美院小伙笑了。接着他在画板上东写写,西画画,一会儿,苍劲有力的"刘大为"三个字出来了。

"胜过了歌唱家蒋大为的字了呢。"旁边有人啧啧称赞。

刘大为欣喜不已,递给小伙10元钱,还递上了根烟,像吃了快乐仙丸一样搭车回家了。

一回到家,儿子正做家庭作业,刘大为便满面喜色地坐在旁边看。他在等儿子做完作业,做完了他就可以用"形象签名"在儿子的作业本上履行家长签字这一伟大任务了。其实儿子平时的作业签字都是陈梅在签,做了科长的刘大为忙呀,哪有时间管儿子的学习。儿子作业才做完,作业本正准备递给妈妈陈梅,刘大为抢过了作业本,刷刷刷"刘大为"三个字一气呵成,然后呈给陈梅看,炫耀地说:"老婆,这才叫家长签字哟。"

第二天早晨,刘大为骑摩托车上班,路过兴盛广场,看见广场上围了一堆人正在一张公益榜上签着自己的名字。刘大为大喜,心想英雄这下可有用武之地了。接过工作人员手中的笔,潇洒地在最上方留下了"刘大为"三个字,正准备离开,只听见有人用小喇叭在喊:"今天是我市无偿献血日,谢谢大家的支持,请各位依次坐好,准备抽血。"

刘大为懵了,三个字得付出200毫升的血。不过,他又回过头来想,咱的签名在最上边,不是出了风头了?肯定有不少人记得咱刘大为,再说这也是参加公益活动,值。他将起左手衣袖,伸出了左胳膊。他才不会伸右手哩,右手得写字、签名呀。

上班了,刘大为感觉今天签名的事特别少,以前好像相关文件他刘科长都签过名,就是局里卫生费报销,他也签过证明人呀,咋了?今天两个多小时过去了,还一个签名也没"形象"出去。他不由得在办公桌上的一张白纸上龙飞凤舞地签着"刘大为"三个字玩,同办公室的小张看见了,大叫起来:"哟,刘科长,书法家风度,签字有形象哩。"

一下子,办公室大李、二毛都聚拢来了,忙不迭地开腔了。

"是呀,咱刘科长签字有毛主席风格呢。"大李说。

"比咱局里王局长'同意'两个字都签得有水平哩。"二毛声音更大了。

谁知,刘科长听完这话,手中的笔倒停住了。四个人头都扭向了办公室门口，王局长拿着份文件正一言不发地站在那儿，阴沉着脸。

嘿……大李干笑着，从王局长手中接过了文件，转给刘大为。文件是征求局里房改意见的，科长刘大为立刻写上了自己的意见，望着最下方的签名栏时，却迟疑了。许久，他慢悠悠地写上了"刘大为"三个字，像小学生作业本上的作业。下班了，刘大为骑着摩托车回家的路上，总想着签名的问题。想着想着，竟冒出一股无名火来，不由加大了油门，风驰电掣地跑起来。跑起来也不知多长时间了，他才发觉有辆小车紧追着他，并赶上了他，在他的摩托车前方停了下来。

"同志，请出示驾驶执照，你没戴头盔，时速高达一百多码。"车上下来个交警，边亮出自己的工作证边说，"罚款100元，请到就近的银行去办理。这是处罚通知单，请签个名。"

刘大为蔫了，这是真让我签名呀，咋就是这个时候呢？他有气无力地划了三个字，三个字怎么写的他忘记了，还不知是不是"刘大为"三个字。

才进家门，听见陈梅正对做完作业的儿子说："等会儿，让你爸来给你签字。"

"不行啦，妈妈，老师说爸爸的字太潦草，不符合家长签字的规范，还是你来签吧。"儿子生气地说。

刘大为没有理会陈梅和儿子，一声不吭地走进了卧室，倒在床上，用被子蒙住了头脸，严严实实地。

我成了一个贼

丁江所住的小区最近不太平，常常闹贼。张二家曾被偷去大彩电，李兵家里丢了个电饭煲，王大力家还掉过3000元现金。人们怕贼，家家户户都换了一把最新款的"旺旺"牌门锁，这"旺旺"牌门锁，听说电焊也烧不开哩。不仅换了锁，窗子也用指头粗的钢筋烧成了防盗网，倒真是没有贼了。

那天下午下班，丁江还没进小区，只见住二楼的王大力家前围了不少人。估计又是贼来光顾，人们也来观看了，丁江心里想。他走近一看，没看见小偷，倒看见张二拿着铁锤、钳子撬王大力家的门锁。丁江正纳闷儿，他这才听见屋里有小女孩的哭声。屋外，王大力家的小保姆也在不停地哭着说："俺下楼倒垃圾没带钥匙，不知怎么的，俺回来时门就锁上了，把三岁的小英子留在了里面，她爸妈今日早上坐火车去北京了，唉……这可怎么办？俺在打火灶上还煮着鸡蛋，俺真担心那液化气会出啥问题，也不知家里还进去人没有……"小保姆哭得更凶了。

"打电话让王大力两口子快回来呀。"有人提醒。

"到了北京哩，坐火箭回来才赶得上。"忙得满头大汗的张二说。

"不用慌。"丁江不紧不忙地说，他上楼回家拿了根铁丝，夹扁压弯了点，插进锁孔，三下五除二，没等大伙儿看清楚，门就唰地开了。没有人进屋，小英子还在哭，打火灶上的鸡蛋成了焦炭，若还迟点，说不定会引发火灾，小英子的生命也会有危险。

大家都放下心来了，张二这时问起了丁江开锁的窍门。丁江说："俺大学毕业那年，遍地都是人才，在老家玩了一年，家中老父却没让俺歇着，怕俺将来饿肚子，把祖传修锁开锁的艺儿教给了俺，不想，今儿派上用场了。"在人们的一片"啧啧"声中，丁江回到了家。

才过两天，有片警找上门，说东区李乐家昨晚被盗了，现场门锁孔里留下了根铁丝，现在请丁江协助调查。丁江郁闷，心想自己咋就成了嫌疑人了？他想起了前两天用铁丝为王大力家开锁的事，只有把怨气打掉了牙往肚子里吞。他连忙说，昨天通宵达旦地在同学王鹏家"斗地主"，输了135元，有多个证人。片警这才悻悻地离开。

正准备关门进屋，隔壁家门缝伸出个小脑袋，东张西望地，紧接着，里面传出个声音："兔崽子，说过多少遍了，让你把门关好反锁好，你不知道隔壁住着个会用根铁丝开锁的吗？"

丁江懵了，我咋真成了个贼了！

你是不是君子

陶三是我中学时的同学，现在也是我的同事。从读书到现在参加工作，陶三总在说自己是个真正的君子，从来没做过小人之事。并且，对社会上的许多不平之事，总是嗤之以鼻。这样说了快十年，我也觉得陶三倒像个君子了。

前几个月，陶三买了辆新自行车，最流行的"奥斯达"牌子赛车，花了998元。还价时，那自行车店老板一分不让，说这是全国统一价。好说歹说，那老板送了一把车锁。这下陶三的心里才平衡一些。骑着新自行车上下班，陶三的心情就是愉快。车亮闪闪的，陶三的人也是亮闪闪的。可是，过了不到一周时间，陶三说，那锁坏了。于是，我就为陶三愤愤不平起来："那老板真不是个君子，送一把锁送了个垃圾。"我拉着陶三想找自行车老板去理论一番，被陶三拉住了："算了，我还是要做个君子的。你看，这锁其实也还是能锁的。只要人不碰，就不知道这锁是把坏了的。再说，即使你买了把新锁，固若城池一样，可偷车人不是君子，仍然也会想方设法偷走你的自行车。我这锁呀，就可以叫做君子锁……"

听了陶三的理论，我心服口服。果然，陶三骑着新自行车，使用他的君子锁，三个月来，安然无恙。

上个月，我再看陶三的自行车，加了把新锁。我问陶三，说："又买了把新锁？"

"没呀。这锁，是我前天在怡人小酒馆吃饭时捡到的。那锁就在地上，还带着钥匙，当时，那么多人都以为是把坏锁。我拿起一看，好好的，嘿，这下得来全不费功夫。"我就又为陶三高兴起来，说还得庆贺一番，就定在明天到怡人小酒馆去畅饮。

第二天，我和陶三又邀上了同事王平，三人同去怡人小酒馆。陶三牢牢地锁好车后才进入酒馆。酒过三巡，陶三出去小解，还没松开裤带，就听见他叫了起来："我的车，我的新自行车……"

我们慌忙跑了出来，四下里寻找，哪还有"奥斯达"车的影子。找了一会儿找不到，只得作罢。但酒还得继续喝，喝了酒的王平说道："陶兄呀，你当初就不该要那把没人要的锁，你的'奥斯达'怕就是那锁的主人用另外的一把钥匙打开后骑走了哟……"

陶三怔怔地立在了那儿，手中的酒杯快要掉下来了。

生意人

古色古香的小街开了间古色古香的小茶馆。茶馆老板宗明，是条三十多岁的汉子。开这茶馆花去了宗明多年的积蓄，宗明老婆直怨宗明傻，咋就遇上了这个冤家？如今这世道，人们看电影、进舞厅、洗桑拿还来不及，谁还有兴致进你这小街的茶馆？

宗明不理嚼舌的婆娘，径直在门上钉了块招牌——老屋茶馆，吩咐道："来了客人，悉心照料就是了。"正如宗明所料，开张才两天，茶馆竟座无虚席。来者有年过花甲的老者，端起茶杯慢条斯理地呷，似在品味人生的酸甜苦辣。更多的是看完电影，进了舞厅，洗完桑拿的年轻人，一个个，一对对，川流不息。来人都说这里好，古色古香，有韵味，更有一种返璞归真的感觉。

才两个月，茶馆本钱捞了回来。宗明婆娘乐得合不拢嘴。

中秋夜，老屋茶馆早早地开始打点生意。忽然，对面紧关了半个月的门开了，"噼噼啪啪"放起了鞭炮，看看招牌——怡人茶园。好家伙，正对门开起了茶馆。当夜，虽是中秋，老舍茶馆生意竟不如昨。老婆直叹息，宗明道："一口哪能吞了整条鱼？"事后打听，怡人茶园花了半月时间装修，灯光、墙壁、桌凳、茶杯，新颖别致，服务小姐也够靓的。宗明心里一紧。

九月初九重阳，老屋茶馆左右两边竟又冒出两个茶馆——"夕阳红茶室"、"随你喝茶厅"。宗明心里一颤。果然,来老屋茶馆者寥寥无几。接连几日,都是如此。听说,"夕阳红茶室"有几台老人健身器,"随你喝茶厅"里有"三陪"。难怪,宗明心里说。

  翌日,宗明挂出"全市最低价"牌子,茶叶档次也提高了,来客数仍不见回升。宗明又换上五彩缤纷的新招牌"圆缘园",找来大学刚毕业的漂亮小妹宗琳替客斟茶,来客渐渐多了,但仍不如前。宗明婆娘忍不住开了腔:"喝茶的人不见增多,茶馆渐渐增加,生意咋会好?"

  宗明似有醒悟,一宿未眠。

  清晨,宗明找来泥瓦工开始忙个不停。三日后,宗明取下茶馆牌匾,挂出一块醒目招牌——"方便您"洗手房(日夜营业,价格合理)。是日,生意兴隆,趋者如云。

刘一根

　　清水村人嗜烟，如每日三餐般喜爱。烟有好中差三等，人也便有上中下三类。上等烟是精品"金龙"，多为当官的、跑生意的这类有头脸的人来抽；中等烟是"小白沙"，一般人都抽这个；最差的是"老虎叶子"，抽了之后就会如老虎吼般咳个不停，那是烟瘾大的老头们的佳品。

　　嗜烟的清水人中烟篓子不少，刘一根绝对算出头的一个。早晨一醒，他的烟就爬上了嘴，叭嗒叭嗒地抽个不停。他有句名言：无鸡鸭好酒均可，无烟则万万不可。刘一根真名叫刘学大，农业学大寨时的产物。名字倒过来，俺上了大学哩，刘一根常说。可大学没上成，倒得了个"一根"的外号。他抽烟有个习惯，人家敬烟他抽，他是来者不拒，而他拿出烟来抽时，总会说上一句"就这一根了"。人们就疑惑，咋总是只有一根呢？干脆就送了个"刘一根"的趣号给他。老的小的叫他"一根"，他也不恼。管它呢，这是咱的荣誉称号。他常在心里说。也就凭着这"一根"号儿，他在村里乡里名气大着呢。村里人有了大事小事不去找村主任，总是来找他。而他，解决问题比村主任还快，到乡政府找人比村主任还熟。连着几次选村主任，人们都选他，可他不等选举会召开，一屁股不知溜到了哪儿。他说，村主任是个啥档次？比俺一根的含金量多？

　　一根叔。有人在叫喊。

　　哎——是刘一根沉闷的应答。他正蹲在茅厕，嘴里衔着根烟，屁股冒着异物，前呼后拥呢。听到跑叫声，用手纸擦了擦屁股，提了裤子就跑了出来。

一根叔，找您哩。是村东头的二林。家里厢房推倒了想做栋大点的，才开工，乡土地管理所的让俺去办个手续，您帮帮俺吧。二林说完，忙不迭地敬上支烟。

好哩好哩。刘一根一边应着，一边斜着眼瞅着烟的牌儿，是根"小白沙"。我来给你支烟抽。一根没去接烟，倒从兜里摸出根精品"金龙"给二林，又说，土管所是土地爷，心黑着哩，得孝敬孝敬。

那是那是，咋办呢？二林问。

办事有烟，把他搞掂。买两条烟呗。一根叔很有经验地说。

买啥牌子的？

你说呢？一根叔反问。二林心领神会，一会儿兜来了两条精品"金龙"，说，给您两条烟，让您帮我把土管所搞掂。

刘一根左腋窝下夹着两条烟赶到乡土管所时，快到下班时间了，在门口碰到个年轻人，刘一根从左边口袋里掏出盒"小白沙"，敬上一根问，土管所新上任的张所长在哪儿？

我就是呀，你有啥事？年轻人说。

刘一根赶紧从右口袋里掏出盒"金龙"，说，失敬失敬，我是清水村的刘一根，为侄儿二林厢房翻新的事来的。

年轻人看着刘一根拿烟的动作笑着说，你就是大名鼎鼎的刘一根呀，这事呀，得交一千多元的土地征用费哩。

所长大人，只是个厢房翻新嘛，交点手续费呀。刘一根又递上了根烟。又说，《土地法》有规定，做新房是大楼房才交钱，买卖房子要交钱，这小厢房不必交呀。

你个刘一根还熟悉国家土地政策呀。小张所长顿了顿，说，冲着你对土地政策的了解，只交40元的手续费吧。其实小张所长只是因为他敬烟的动作逗一下刘一根，翻新个厢房只交手续费就行了。

刘一根一喜，夹着两条烟的左腋又紧了紧。好险，刚才正准备使出最后一招，用两条烟来对这小张所长发起总攻。刘一根庆幸着。俺哪里又知道啥土地法，瞎扯吧。他又在心里嘀咕。

交了40元钱，刘一根又敬了根烟，连声说着谢谢。然后，叼着根烟，骑着浑身响而铃不响的自行车飞似的到了二林家。不少人正在帮二林拆旧厢房。

你小子好运气，不要这烟上场就搞掂了。刘一根一接过二林的40元钱，就退还了那两条烟。二林又退回一条给一根叔，说是感谢他的。一根死活不要，二林忙拆开了一条，塞给一根叔两包。这下，一根叔笑呵呵地装进了衣袋。

一根叔，赏根"金龙"烟，俺们过过瘾吧。帮工的有人嚷道。

好，好！刘一根拿出了烟，是精品的"金龙"烟盒，他从里一根一根地发给帮工的人们。

咋了？是"小白沙"哩。

一根叔，挂羊头卖狗肉了？

你不知道呀，一根叔用"金龙"烟去换"小白沙"的，一包换三包哩。

人们笑成一团，刘一根也哈哈大笑起来。

小偷为媒

那时我正爱着刘梅，其实说"爱"夸张了点，只能算喜欢吧，因为我是剃头佬的担子——一头热。人家刘梅的心思我是猜不中的。要是会猜女孩的心思，恐怕我早就结婚，生出的儿子也会上街打酱油了。

我已是出了三十岁的大龄未婚男青年，说白了，是条老光棍，在单位是光棍协会主席，谁也不会和我抢这位置。——所以，刘梅一到单位报到上班，单位里的小子们便嚷开了："咱谁都不许去抢刘梅，让给我们的协会主席。"李丁叫得最欢，拍着我的肩膀，说，不管怎样，咱林子哥得找到另一半了。李丁是我铁哥们儿，不过二十来岁，女朋友走马灯似的换了一个又一个，让我在心里羡慕不已。我在一次喝酒时发了一通感慨，李丁倒对我眼红了："你多会写文章呀，一篇又一篇，不迷倒众多美眉才怪。"杂七杂八的文章我是发表了一箩筐，可就是没见一个忠实未婚女读者。刘梅一来，我是更没有心思写什么文章了，我只是写刘梅，在纸上写，在我心里写。为她写诗，一首又一首；给她写情书，一篇又一篇。我想，这些诗文真可以拿到《星星》或者《人民文学》上去刊发了，可是我竟不能拿到刘梅那儿去发表。

我是真没有勇气呀。人家刘梅多漂亮，会理会我这个书呆子吗？我只能偷偷地把心中的秘密放进了我办公室的抽屉最底层。

又是周末，我只得独自把酒，借酒浇愁。好不容易挨到星期一上班，才进办公室,就看见办公室的东西被翻得乱七八糟了。

"肯定是有小偷进来了。还好,我只丢失了一支钢笔。"李丁说。大家慌忙清理自己的东西,看看丢失什么没有。

"呀,快看!"忽然李丁指着墙上飞扬的纸片说。马上就有人走拢一看。

"是林子的诗和书信哟,写给谁的呀?"有人又是大叫,"呀,全是写给刘梅的。"

"你是我心中的梅,一年四季,绽放在我的心中,芬芳永远……"李丁大声地念道。

恰巧刘梅也在,听见这话,慌忙跑出了办公室。马上办公室王主任过来安慰我:"林子呀,我们一定帮你找到小贼子,这贼也真可恨,还公布人家隐私了。你再找找,看丢什么东西没有?如果有重要物品丢失,我们准备上报公安机关。"我忙清了清自己的东西,说:"没再丢失什么,那您不必报案了吧。"

就在办公室被盗的那天晚上,我和刘梅单独地见了第一次面。然后,也就是现在,刘梅成了我亲爱的老婆。刘梅常扭着我耳朵说:"其实那时我就是冲着你这个书呆子来的哩,你竟然不知道主动去追,幸亏出现了个小偷……"

我嘿嘿一笑,那撬办公室张贴情书的小偷呀,就是我自己。

我的机密你不懂

李天是个自由职业者，说白了是个失业人。但头脑灵活的李天从没有失过业，这不，每年6月高考前，李天都能够捞上一笔，发点高考财。李天不偷不抢，就只是卖点"高考机密"。比如"高考最新猜题"、"高考最后冲刺"，直到高考前一天，还可以卖"高考泄题宝典"。这些"宝典"其实只是读过高中的李天从浩如烟海的高考复习资料中剪贴成的，然后取个吸引人眼球的标题，一张又一张地复印，一张又一张地出售，每张5元，一年高考下来能赚不少呢。

今天6月3日，离高考也只有三四天了，但李天感觉今年的"宝典"不好卖，才赚个一百多元。他感觉高三学生们好像习惯了他的夸张式的叫卖。昨天，到市一中去了一趟，才卖6张。一回家，老婆王珍却叫开了："你天天去卖宝典，咋不管管自己家今年参加高考的宝贝儿子李小民？咋不就把宝典给儿子看看？"

"你懂个啥？"李天叫声更大了。"这宝典是给人家看的，给自家儿子只会浪费时间，你真以为我卖的是高考宝典吗？"

王珍不作声了。儿子李小民成绩占个中游，考一类本科估计差那么一点，她也不知咋办。

6月5日，李天又赶到了市一中校门口。这次，他不想到校园里去卖给学生，他想就在校门口卖给那些来接学生的家长。李天又是一顿叫唤："特大好消息，我们找了很重要的关系，弄到了最新最真的高考题，如果没有，高考后找我全额退款。快来买，每张5元，机不可失，时不再来……"

临到高考了，家长们一个个都是望子成龙的心理，再说也只有5元一张，宁可是上当，也还是买上一张，有一个家长居然买了10张。李天欣喜不已，才一会儿，复印的八百多张"宝典"一抢而光。忙着买了点酒菜，找到在市一中读书的儿子，一道回家庆祝去了。回到家，儿子说："爸，今天啥宝典，这么走俏，给我看看。"

"不用，不用，我在一本复习资料上胡乱剪贴的，哪有什么宝典？数学卷上最后的拔高题是道老掉牙的函数题，不会考的。"李天连连摆手。

但李天在6月6日晚还是真弄了几道"绝真高考题"，从他同行手里花一百多元秘密地买来的，当然只是供给自己的宝贝儿子李小民。儿子李小民也十分配合，连夜做题，做完时已经是深夜11点多，匆忙洗澡后才上床睡觉，迎接第二天的高考。

6月7日高考开始，数学考试刚结束，不少考生欣喜不已。李天慌忙找到儿子，儿子说："数学考试最后一题真是难呀，一个函数题，不会做。"却听见有考生相互交流说："真好，真好，前天买的仿真高考题还真有点用，数学考题的拔高题就是一道函数题，只是数字变化了一点，幸亏老爸买了这份宝典……"

李天从口袋里搜出一张卷子，指着那道函数题对儿子说："是这种题型吗？"儿子看了看，连连点头，然后责怪李天："你为啥不给我做一做？你真偏心！你昨天给我做的绝真高考题居然一题也不相似……"

李天傻了，呆呆地站在了那儿。

7月，录取起分线划定，李小民离一类本科线差5分。王珍便又叫开了："我说吧，让你把你的机密卷给儿子做做，你偏不，就差5分，差那道函数题。"李天哑口无言。还有点更让他担心的事是，听说省教育厅已经派员到市里来调查，说是数学高考题好像有泄露的迹象，准备调查一个卖高考题的……

真实的英雄

晚报记者吴市赶到事发现场的时候,那里已经没有多少人了。半小时前,他接到电话,说在市区老江河有人落水被救,如今落水救人的事常发生,于是,他想去不去的。但又有人打来电话说,救人者不留下姓名,却偷偷走开了。这可有点特别了,吴市认为是个"新闻点",骑了摩托车便赶了来。

"吴记者呀,您可得为我们找到恩人哪……"被救的是个八九岁的小男孩,他的妈妈拉住吴市的手说。今天星期天,妈妈带着小男孩就出来逛逛,不想孩子不小心掉进了老江河。妈妈不会游泳,只得大声叫喊,却没有谁下河去救人,正束手无策的时候,一中年男子"唰——"地跳入了河中,不到三分钟,小男孩就被救上了岸。小男孩只是喝了几口水,没什么大碍的。人救上来时,围观的人倒是多了许多,把救上岸的小男孩围了个水泄不通,那救人的中年男子不知什么时候悄无声息地走了。

"是我的疏忽呀,要不是那好心的男子,我儿子恐怕就……"小男孩的妈妈几乎哭着说,"我还没来得及说声谢谢,您吴大记者一定得帮我找到恩人……"

说着,小男孩的妈妈就想着给他爸爸打个电话,一摸手提袋里的手机,没了。"肯定是刚才人多手杂,让人给拿跑了。"吴市判断说。吴市用一种新闻的眼光,更加觉得有报道此事的必要性了。当天的晚报头版,赫然出现了记者吴市的报道：英雄救人不留名，小偷借机偷手机。并在文后加了短评，也希望广大市民提供英雄线索。

人们拿着晚报，津津乐道。

吴市的兴趣更浓了，他想着一定要找到救人的中年男子。两天之内，有不少人打来电话提供线索，说中年男人骑着辆半新的"永久"牌自行车，姓郝，大概在市六中校门旁租住。吴市立即骑着摩托车赶到六中校门口，见到了一辆半新的自行车，正想开口问话，从屋里出来个中年男人，说："我是郝仁，您大概是晚报的吴市大记者吧。"吴市点了点头，从怀里掏出记者证。自称郝仁的男子瞟了一眼吴市的记者证，从怀里掏出一部手机交给吴市："大记者，请你将手机转交给那妇女吧。"

吴市一惊，说："救人英雄郝仁，不但不留名，咋还帮着人家找到了手机哩。"

"我那会儿救了小男孩，就看见有人掏那妇女的包，拿走了手机，我便忙着去追，倒追上了，回头去找那妇女，却没了人影。这下好了，您可以将手机转交了。"郝仁说。

吴市倒真有点激动了，忙着联系那母子俩，将手机还给了小男孩的妈妈。当晚的报纸，又在头版出现了大记者吴市的跟踪报道：救人英雄郝仁，帮人找回手机……

第二天大清早，吴市接了个电话，是那小男孩的妈妈打来的："吴记者，您还我的手机不是我的手机，虽然都是同一款式的，但这是部新的，我的那部手机充电板是破损的……"吴市迷糊了，这已经是一个圆满的结果了，又怎么会这样呢？他又忙着赶到市六中校门口。没有看见半新的自行车，没有看见郝仁。吴市正疑惑着，一个乡下妇女走了过来说："您是吴记者吧，我是郝仁的老婆，他一早出去收废品了。临走时，他交给我一封信，让我交给您。"吴市从妇女手中接过一张字条，上面有几行歪歪斜斜的字：记者同志，那天救小孩上岸后，其实是我趁乱拿了手机，因为我想给正读高中的儿子买部手机，别人的孩子都有手机，就他没有。我当时想，拿她一部手机就算是我救她儿子的回报吧，但是我又发觉我做错

· 174 ·

了，我把手机换个号码给儿子后，我又不好向儿子解释，就只有用这半年我收废品的钱买了部新的，手机卡还是原来的……您向人家去说清楚吧，不要再将手机退回来，我也真觉得，人活着，就要真实地活，认真地活，努力地活……希望你不要再找我……

　　吴市一言不发地怔在了那儿，他还能说什么呢？他赶回了报社，写了篇评论：真实的英雄！并希望广大读者参与"英雄"这一话题的讨论。做了二十多年的记者了，吴市觉得这篇《真实的英雄》写得最快、最好。

张一碗

"钱押好啦，押好就甭动啦。"赌场看场子的李二大声吆喝着。他拿着根细长的竹条，仔细地拨弄着赌桌上的钱币。其实，他是用不着仔细看的，看场子二十多年了，钱币的厚度一落入他的眼，他就能估摸着有多少现洋。可是这一碗（骰子赌博赌单双时，用一酒碗盖住骰子，下垫一瓷碟，庄家摇定，赌客下钱，揭开酒碗便知输赢。揭开一次称"一碗"）太有点猛了，赌客们全押在"单"上，"双"客一个也没有。

"刘老庄，一共983块大洋。"李二骨碌地转着精明的小眼睛，对着庄家刘银山道。

庄家刘银山坐在上首，他没有吭声，捻了捻几根不多的胡须，看了看手边的钱袋。他不想揭碗了，万一再揭个"单"，他的钱是不够赔的。在埋甲村，听说几百年来，没有谁敢揭不赔钱的"飞碗"。

见刘老庄不作声，押钱的人们好像商量好了似的，目光齐刷刷地如箭一般射向赌桌角落边的一个人。那人生得眉清目秀，年纪也有了五十上下光景，额头发亮，脑后油光的长辫子快垂到脚后跟。

"揭。"那人轻声地笑着说。

"叭"地一响，刘老庄手起杯落。两粒骰子，一个"2"点，一个"5"点，果真是个"单"。

"张一碗，又对不住你了。"刘老庄应了一句。眉清目秀的张一碗拿过脚边的钱袋，开始赔钱。

"还剩十多个大洋哩。"张一碗坌着刚才还装了1000大洋如今只有几块大洋的瘪钱袋，嘴角仍然浮着一丝笑意。然后，迈开方字步儿，踱出了赌场。

埋甲村应该算是个有来历的村子。据说是元末陈友谅的起义军在这儿吃了败仗，不少兵士便脱了衣甲埋在这儿，在这儿生存了下来，也就给村子取名叫"埋甲村"。从那时起，兵士出身的埋甲村村民们就有了个骰子赌博的习惯。

骰子赌博在过年时最有看头。一年到头了，田地里的收成都变成了大把大把的银票。在商铺跑生意的爷们背着钱袋回来了，在窑子做买卖的娘儿们也兜里装满了咣当咣当的洋钱折进了家门。腊月里小年一过，两张八仙方桌一拼，就成了赌场。骰子是用牛骨头磨成，放在大大的瓷碟上，用小酒碗一盖，就成了最简单的赌具。自然会有有点家底的爷们出来做庄家，因为做庄家会有输赢颇大的风险的。庄家往上首一座，老少爷们，大小娘儿们便围拢了来。庄家端起大大的瓷碟，神色凝重地开始摇动，骰子在碟碗间碰撞，叮当叮当，比村头小骚娘儿们的唱腔还动听。

张一碗就出生在埋甲村。这时节已经是清朝末年了。清朝末年，社会是动乱不安的，偏偏应了那句"乱世出英雄"的古语，张一碗虽称不上英雄，却在汉口有了家颇具规模的昌茂纺织厂。当然，张一碗真名是不叫张一碗的，真叫什么名如今除了埋甲村只有五十多岁的老人知道。这"张一碗"的名号正和骰子赌博有关。张一碗在汉口有了自己的纺织厂，一年里不少时间就用在工厂的事务上，但每到过年时，张一碗一定会回埋甲村赌博。他只赌一碗，就是赌桌上只押了一边，赌注最大，其他人包括做庄家的刘银山也开不了碗的时候，这一碗就是他张一碗的。这一碗，不管输赢，他赌完了就走人。这样，"张一碗"这个名号倒成了他的真名一般。看场子看了二十多年的李二在心里记了个数，二十多年来，张一碗赢过3次。输的次数里最少一次输了410大洋，最多一次输了2780大洋。那赢的3次，每次赢了，他都是逢着小孩便给压岁钱，也不知给了多少。

这一年过年时，雪下得特别大，埋甲村的男女老少又围紧了赌桌。张一碗这次来得很迟，快散场了，他才现身，身边多了个穿着黑衣、戴着小帽的下巴光光的瘦小老头。

"我和他来赌一把。"张一碗指着瘦小老头说，人们都停住了押钱的手。

仍然是刘银山做庄摇骰子。

瘦小老头拿出一个盒子，并不打开，径直押在了"双"上。

"揭！"张一碗说，语气比每一年都重。

两粒骰子，一样的一个"1"眼，像个大大的要吞人的窟窿。

"天牌，双。"李二嚷道，甩手碰了碰那盒子。

"这真是天意了。"张一碗说罢，和瘦小老头走出了赌场。

"啥？那盒里是啥？"人们急切地问李二。

"没啥。只有一张写着'昌茂纺织厂'的字条。"

人们一惊，立即有人进来说，村头有好些穿着军服、挂着腰刀的兵士在游走，好早就来了。

老庄家刘银山听了，长叹一声："我今年的这一碗害了张一碗啦……"

果然，第二天，有人到城里一打听，到处在传说着这样一件事，昨天京城里的李公公到过埋甲村，听说是去向昌茂纺织厂的当家张一碗募集军费的。当时就遭到了张一碗的拒绝，说李公公该不是募捐赔款吧，要不就赌一碗从我手中赢走"昌茂"纺织厂。居然，在埋甲村揭了个"天牌"，让当家的张一碗拱手让出了昌茂纺织厂……

张一碗再没有回到埋甲村。

埋甲村人们惦记着张一碗，尤其是每年过年赌博老庄家刘银山揭不开那一碗时，人们便会异口同声："要是张一碗回来就好了。"孩子们也口里念着："几年了，再没有得到一碗爷爷的压岁钱了。"

看场子出身的李二进省城办事，抽空去汉口的大赌场瞧了瞧。回来说，那场子里有个看场子的人，特像张一碗，就是身上穿着一点也不光鲜，他看场子猜宝是一猜一个中，但从不押钱。我叫他，他也不应……
　　真个是无钱猜灵宝了。李二加了一句，又无奈地摇了摇头。

神鞭陈四

月上柳梢，劳作了一天的塔沟村人借着点夜风，三五成群地坐在门前纳凉，有一句没一句地唠着磕，时不时地警惕着什么。就在上个月，山那边的白云村、牛草村好几个村子都遭了洗劫，还死伤了不少人。忽然，人喊马叫，人们一惊，知道担心的事终于发生了。十多个土匪骑着马拿着枪旋风地飘到了村头。

村子里几十个男人齐刷刷地站到了土匪们的面前，不甘示弱地拿着铁锹、锄头，准备反抗。一个土匪扬手一枪，打伤了最前头的李二。人们知道抵抗是徒劳的了。猛然，似一道闪电，十多个土匪的枪掉在了地上。

"谁？"匪首张疤子大声吼道。又是一道闪电，十多个土匪左边脸上都多了条血印，月光下看得清清楚楚。

人们诧异。只见人群中走出了把式陈四。陈四四十岁上下的样子，他拿着条马鞭，如截木桩立在土匪们面前。

"好汉，有话好说。"张疤子说道，语气缓和了许多。

"妈的，有种的就不要抢咱老百姓的钱粮，算个屁好汉？是好汉，咱一道去打日本鬼子。"话语似一颗颗铁蛋，掷地有声。说着，把式陈四又将马鞭扬了一下，土匪们的右脸上又是一条血印。土匪们慌忙翻身下马，跪地求饶。张疤子哭着说道："好汉，俺青山寨弟兄也不算是真正的土匪，也是穷弟兄呀。俺们听兄弟的，一道去打日本鬼子，做条真汉子。"人们紧绷着的心弦这才放松下来。

把式陈四三鞭收服青山寨的事不到两天就在山里山外传开了，"神鞭陈四"的雅号也不胫而走。那晚，青山寨的兄弟没有回寨，都嚷着要向陈四学神鞭。人们也诧异，咋那把式陈四有这高功夫。陈四除了有条长长的马，还有条长长的辫子，徒儿们问他为啥不剪掉辫子，他扬起辫子说："不把小日本赶出去，我就不剪。"

就在陈四教青山寨弟兄和村里的小伙练习神鞭的一个清早，日本鬼子如约而至。鬼子们还没明白怎么回事，每人脸上都留下了二三道血印，灰溜溜地逃回了县城。鬼子的龟田队长气愤不已，站在一旁的汉奸刘八须说道："一定是神鞭陈四！他曾经三鞭收土匪哩。洗劫塔沟村，就先得镇住这陈四。"龟田更加来了兴趣，说就要会一会这神鞭陈四。刘八须得了圣旨一样去请陈四。在遭到人们的一顿臭骂之后，刘八须还是如愿将陈四请到了日军司令部。才到，刘八须让人摘下陈四的马，龟田摇头："不，不，我就要看表演呢。"

"好！"陈四才说一个字，只见"嗖"地一声，刘八须早已应声倒下，七窍流血而死。龟田慌了，喝令人拿下了陈四的鞭子，凑近陈四说："先生能教我神鞭吗？"

"呸！"陈四对着龟田就是一口痰。

"哦？你不答应是吧，我明天就血洗塔沟村。"

"好！"陈四又说了一个好字，只见一条如飞蛇的东西向龟田胸腹飞去，飞去飞回，重新又盘在了陈四的头上，是陈四的辫子，龟田惊吓不已，却安然无恙。"龟田队长，我明天就开始教你神鞭，"陈四说。

陈四当晚回到塔沟村时，人们指着他的背说话，徒儿们也不解："咋就要教日本鬼子神鞭？是俺的话，死也不教。"陈四不语。第二天，徒儿们等着送师傅去县城，忽然县城有人传来消息说，鬼子们已经撤回到省城去了，因为龟田队长昨晚一命呜呼了。死的原因都不知道，只知道他全身

· 181 ·

完好无损，不明白他内脏咋就烂掉了。

陈四听了，只是默默一笑，用手盘了盘辫子。徒儿们顿时明白了，不约而同托起了陈四的长辫子："神鞭！"

唢呐声声

唢呐爹给村头的王跛子送葬,正鼓腮胀眼地吹着《白月亮》时,听人说家中婆娘生了个带把儿的。"不吉利哩。"唢呐爹说了句话,忙跑回家中。小崽子落地快个把钟头了,胖胖的接生婆把小子的屁股都打肿了,他竟嚎也不嚎一声。唢呐爹一进门就吹起了《百鸟朝凤》,小崽子立马哭了起来。

"是我的种哩。"唢呐爹欣喜,"我有接班的了。"

读过两天书的唢呐爹花了几天时间给小子取了个名,叫"至官",可除了他做爹的叫过两次,旁人都"唢呐,唢呐"地叫个不休。唢呐爹只得由着大伙儿,就取名叫"唢呐"了。

唢呐长到五六岁,村里放电影,唢呐就问隔壁二蛋哥:"咋那破布上有人影儿,还会说话?"银幕上一阵枪响,唢呐在地上找东西。"找啥?"二蛋问。"咋不见枪子儿?"唢呐一本正经。大伙儿笑个不停。八岁,唢呐上小学了,每个年级都要"连庄",读到三年级时,已人高马大,比老师还高。

"咱不读了。"唢呐在大伙儿的戏笑声和唢呐爹的巴掌下回到了家。第二天,唢呐就跟着爹出门了,爹给人家红白喜事吹唢呐,爹说就让他跟着混点吃。才半年,唢呐竟会吹《百鸟朝凤》了。

"唢呐比爹吹得还好呢。"唢呐十三岁,人们都这么说。就这样,唢呐吹着唢呐慢慢长大。逢人白喜事时，他吹《白月亮》；逢人红喜事时，他吹《百鸟朝凤》。他吹得太阳升起，吹得月亮落下，吹得霞光满天，吹得雨雪飘飘。

唢呐十六岁，门槛被媒婆们踏平了，争着要给唢呐找媳妇。唢呐都不理，媒婆们都骂他"不识抬举"。唢呐只是笑，并不回答，只是吹着自己的唢呐。知情的人便说："唢呐早有心上人了呢。村东头的小燕早和唢呐好上了，前日晚，麻子爹赶牛回来，看见他们在菜花地里亲嘴哩。"

"小燕是村长的宝贝，他能让她嫁给这吹唢呐的？"有人不信，反问。

又一年腊八，唢呐收到了村长的请帖，他家小燕出嫁，请唢呐去吹唢呐，一天一百元。村长的女儿要嫁到镇上，一连办了五天的酒席。唢呐没来，这可急坏了村长，派人去找，到处找不到。小燕临上车远嫁那会儿，唢呐倒出现了，吹着那曲《百鸟朝凤》。人们说，这不像是唢呐在吹，这唢呐声里有眼泪。

又有人办喜事，去请唢呐，唢呐婉言谢绝。唢呐不再吹唢呐。村子里再也听不见那熟悉的唢呐声。

唢呐快三十岁找了个媳妇，媒婆的嘴说来的。三年后生了个儿子，抓周时抓了个唢呐，人们见了，又说："天生是个吹唢呐的好家伙。"

"好个屁！我让这崽子再吹唢呐，我就是个龟儿子。"唢呐斩钉截铁地传出了句话。

人们再也没有听到过唢呐声。人们清楚地记得，村子里最后一支唢呐曲，是在一年腊八的夜晚，那唢呐声仿佛从天宫飘来，遥远、清幽，显得那么的凄凉，倒吹成了箫声一般。